Zwitschernde Fische

囀る魚《さえず》

アンドレアス・セシェ
酒寄進一 訳

西村書店

囀《さえず》る魚

装画、題字・文字デザイン：小出真吾

ZWITSCHERNDE FISCHE
Andreas Séché

First published by ars vivendi verlag GmbH & Co. KG, Cadolzburg (Germany) 2012

Printed and bound in Japan

目次

汝が書物を紐解くとき、
書物が汝を紐解く。
中国のことば

ぼくの物語に飛び込んできた
カトリンに捧ぐ

第一部　リオ

アテネ　現在

よりによって書店で火がつくとは。冒険に充ち満ちていながら、まず間違いなく冒険を求めるはずのない場所、そこでじつに不思議な体験をした。

もともと本を一、二冊買うつもりだった。まさかその代わりに人生の新たな一章を見つけ、目が眩む思いをすることになろうとは。もう一冊小説を読んでみようと思っていたときに、はるかに胸躍る体験に魅了された。心を虜にする魔法。恋心と呼んでもよさそうだ。

だからといって、書物と恋心は本来相反するものではなく、二者択一ではない。もちろん本を買えば書店の女主人に愛してもらえる、と期待するのはおかしい。けれども書店の女主人に恋をすれば、うまくするとたくさんの本がついてくる。人生はときおりじつに不思議な道を辿る。書店で恋が芽生えたことで、世にも不思議な体験につながることもある。けれども、男はまだそのことに気づいていなかった。

その朝はいつになく早起きをした。というのも本を買うときは、いつもちょっとした儀式をするのだ。よい書物をコレクションに迎える日には、しっかり朝食をとることにしていた。

書物と朝食。どちらも命の糧だが、それだけではなく、共に味わうことができるということを熱心に証明したいからだ。読書は目で食することと同義。本で腹がくちくなることがないというのは別の問題だ。

自宅の書架から適当に一冊の本を抜きだすと、そこには朝食の物語がついてくる。「チェリーとパイナップルの朝食」これは『戦争と平和』の場合だ。あるいは「ガルシア＝マルケスの『コレラの時代の愛』は秋に買った。あのときは栗を朝食に食べたなあ」となる。『アルケミスト』を買いに出かけたときは、アンダルシアの羊飼いの話だと書評で読んでいたので、スペイン産オリーブと山羊のチーズを食卓にのせた。だがたいていの場合は、まだどんな小説を買うか決めていない。どのような物語が待っているかも知らずに出かける。

その日の朝も王様のような朝食をとった。王様のような朝食というのは、アメリカででもなければ、かならずしも「たらふく食べる」という意味にはならない。「舌鼓《したつづみ》を打つ」ことが肝要だ。今回のメニューは焼きたてのパン、庭で採れたリンゴとプラム、ハンガリー産サラミとバジル、オレンジジュースにミルク入りコーヒー。そのあと寝間着を脱いで、一時間、バスタブに浸かり、目を閉じて自分がどんな本を買うことになるか思い描く。それから髪を整え、剃刀で髭を剃る。新しい本のために身だしなみを整えるのだ。

だがすぐに目的を果たしてしまわないよう、男は書店へ向かう途中、いつもの寄り道をする。市立公園を散歩して、地味な色の兎《うさぎ》をしばらく観察する。いかにも気怠そうに草をはみ、おそらく楽しみなどない残りの半生を唯々《いい》諾々《だくだく》と過ごすのだろう。そのあと男は年輩の女性をつかまえて語らい、赤ん坊を連れた数人の若い母親たちを眺めた。男は三十一歳になる。子どものことを考えたのは一度や二度ではない。

しかし家族を持つにも、肝心の相手がいなかった。だからしばしのあいだ雪のように白い花崗岩《かこうがん》でできた古いベンチにすわり、人生最大の転機を待っている気分に浸った。数分もすればきっと転機となる女性が前に立ち、頰を赤らめ、ヤニスさんですかと声をかけてくるだろう。その女性はいれたてのコーヒーの香りがする。というのも、公園の近くにあるちっぽけなカフェでいましがたまで働いていたからだ。彼が飲み干したカップにこっそり入れた花と宝の地図に誘われて、彼女はベンチまでやってくる。そのカフェでは花の形をしたカップが出てくる。決してしおれることのない、時間から解放された小さな物語のようなカップだ。ウェイトレスは働きづめで疲れていて、公園のベンチにすわると彼の膝を枕にして一休みする。

だがそれはただの空想でしかなかった。そのウェイトレスが何度か微笑みかけてくれたことはある（それはそれでうれしかった）。彼は、その微笑みが愛情からか、それとも仕事熱心さゆえかわからず、ひどく気になった（そして、気まずくなった）。それにカフェに雇われているギター弾きがいる。長髪の美男子で、ウェイトレスに気があるらしく、恋仇にはギターの音色で対抗し、だれにも邪魔立てさせまいとしていた。ヤニスはベンチから立った。家を出たのは夢想するためではない。本を一冊（いや、二冊になるかもしれない）買うのが目的だ。もちろん夢想と読書には一定の接点があることはまちがいないが。

ヤニスは小さな袋を小脇に抱えていた。口の部分は紐でしめられるようになっていて、元はお菓子を入れたサンタクロースの袋か、特別に小柄な水夫用のバッグだったようだ。本来の用途は知らないが、数年前、なにか物語がありそうな袋だと思って蚤の市で買った。それ以来、本を買うときにはいつもその袋を持って出ることにしている。第一に、本が二十冊くらいらくに入りそうだからだ。（実際には本を一度に二十冊も買ったりしないが、それができると思うだけで心が浮き立つ）。第二に、買った本を包装してもらい、その状態で袋に入れるのが好きだからだ。そうすると、家で開封する儀式がより長くなる。それは、じらされる感覚に似ている。シルクハットからもうひとつシルクハットが出てきて、それからようやく白兎があらわれる、そういう魔術に似ている。

ヤニスは、この世ではときどき不思議なことが起こると思っていた。

市立公園をあとにしたとき、書物は魔術のつまったシルクハットと同じだと思った。ヤニスには、いつの日か自分で物語を目覚めさせたいという夢があった。章をつなぎ、思いを重ねる。そうすれば、いつかきっと、自分の手でこしらえ、会心の場面を散りばめた本当の小宇宙が目の前にあらわれるはずだ。そして息詰まる事件や悲しい顛末、ロマンチックな恋愛の物語、血湧き肉躍る冒険譚、どんでん返しへと読者を誘うのだ。もちろん主人公は愛する人を勝ち取る。勇ましく恐れ知らずだ。仮に怖じ気づくことがあるとしても、いざというときは大丈夫。怖じ気づくのも、ほんのちょっとだけだ。

ヤニスは地面に根が生えたようにいきなり立ち止まった。ここはどこだ？　夢見がちに歩いていたせいで、道を間違えたようだ。人気のない細い路地。まったく覚えがない。不思議なものがいっぱい入った自分の袋とそっくりの横丁。奇妙だ。この界隈は隅々まで知り尽くしているはずなのに。どこかで道を曲がりそこねたらしい。そこは長閑《のどか》な路地だった。瀟洒な家並み、幹がごつごつした並木、囀《さえず》りあう鳥。そして古い書店。都会の只中で小さな路地に隠れひそむ書店。ヤニスはそれが気に入った。書店はかならずしも表通りにあることを必要としない。書店に必要なのは読み手だ。書店の経営者には、このふたつにつながりがあると思っている者もいるが。

ヤニスは心惹かれてその店へ足を向けた。正面壁がぼろぼろで、百年くらいの歳月は経ていそうだ。いや、千年か二千年。アテネには二千五百年前すでに書店街が存在していたことをヤニスは知っていた。ひょっとすると目の前の書店はその頃からずっとつづいているのかもしれない。幾たびも時代を経るうちに近所の人家は朽ち果て、新しい家が建てられ、書店はだれも気づかぬうちに別の時代の一部になり、また別の時代、そしてまた次の時代の一部になって、えんえんとつづいてきたのだ。そしていまは二十一世紀。この書店が数千年の時を経てきたことに気づく者はいない。家の塗装は白からベージュ、ベージュから土色へと変わってきた。できるだけ気づかれまいとして体色を変えるカメレオンのように。入口の小さな扉は風雨でペンキのはげた褐色の木でできていて、古い銀製のノブがついていた。それにショーウィンドウがあった。薄汚れ、展示品がまったく見えなかったが、それでも二千五百年前からそのままとはさすがに思えない。ショーウィンドウには「ベストセラー、豊富な品揃え、廉価本」といった派手なうたい文句はなく、古風な書体でただ「書店」とだけ書かれていた。

なかなかいいと思いながらヤニスは、ノブに手を伸ばした。

ロンドン　一九〇七年

一九〇七年、運命は文学に味方した。

アストリッド・リンドグレーン、ダフネ・デュ・モーリア、井上靖がこの世に生を受け、ラドヤード・キップリングがノーベル文学賞を受賞した。アナトール・フランスは『ジャンヌ・ダルクの生涯』に取り組み、ジェイムズ・ジョイスは『室内楽』でデビューを飾る。マクシム・ゴーリキーは『母』を発表し、セルマ・ラーゲルレーヴは『ニルスのふしぎな旅』を世に問う。同年、ハインリヒ・マン、リカルダ・フーフ、パウル・ハイゼ、ルートヴィヒ・トーマ、ジャック・ロンドンの本が世界をすこしだけ完成へと近づけた。女嫌いなのに三度の離婚を体験するという離れ業を演じたヨハン・アウグスト・ストリンドベリはこの年、女への復讐心に燃えて毒のある小説を世にだした。

一九〇七年はまたオルダス・ハクスリー、ジョージ・バーナード・ショー、アルフレート・デーブリーンにとっても大事な年だった。とくにデーブリーンは数年後、短編「たんぽぽ殺し」を書くことになる。その短編の中で男が一輪の花を切り落とす。一見たわいのない行為だが、それが途方もないカオスを引き起こす。しかしこの年、デーブリーンはまだ「たんぽぽ殺し」を構想していないだろう。それはあいにくなことだった。もしもこの短編がもっと早く世に出ていたら、ロンドンであの惨劇は起こらずにすんだかもしれない。

どこまでも見た目にこだわる印象派がこの時期に終わりを告げ、物書きが人間の奥底を覗きみるようになったとはいえ、人間はまだまだ奥深い。一九〇七年、クララ・ヒトラーが亡くなる。その息子がやがて独裁政権を樹立する。といっても運命は皮肉なもので、この年、ありがたいことにエミーリエ・ペルツルがこの世に生まれた。のちにオスカー・シンドラーと結婚し、千二百人のユダヤ人をクララの息子から救うことになる女性だ。

だが他の分野では、世界を動かす力はじつに気まぐれだった。ローマではマリア・モンテッソーリが最初の託児所を開設した。ノルウェーではエドヴァルド・グリーグが他界した。オーストリアでは男子普通選挙法が成立し、スターリンがボリシェヴィキの資金確保のためにロシア政府の現金輸送隊を襲撃し、グスタフ・マーラーがニューヨークのメトロポリタン歌劇場に招聘《しょうへい》された。

アジアでは地震が一万二千人の命を奪った。世界は経済危機に見舞われ、フランスでは騒乱が、ルーマニアでは農民一揆が起きた。ラスプーチンは狡猾な手口でロシア宮廷に取り入り、明解な一点透視図法とは対極のモデルを世界が求めていると信じたピカソはキュービズムへと走る。またアウグスト・ムスガーという男がスローモーション映像をはじめて作成した。しかしながらその技術をもってしても、世界があくせく働く蟻の集団であることをごまかすことはむりだった、そしてそういう世界であればこそ、天意がこの世にあまねく目配りすることなどできるはずもなかった。そういうわけで、アーサーなる男が大英帝国で昔の友人フレッチャーを夕食の席で毒殺する決心をしたときも、どうやら天の目はそれを見のがしてしまったようだ。

仮にすべてをあまねく統べる力が実在するとしても、一九〇七年一月のあの夕方、その力はたぶん枯渇していたか、神など存在しないと言われた方が神にとってはありがたく思えるほど悪意に染まっていたと言うほかない。その力にすこしでも道義心があったなら、アーサーが新年を迎えた数日後に己の名声を守るためにフレッチャーを亡き者にしたことを許すわけがない。

アーサーは空になった赤ワインのボトルをとろんとした目つきで見ながら例の計画を練った。それがどんな結果を招くか気づけないほど彼の目は曇っていたようだ。フレッチャーを殺害しても、解決するのは問題のごく一部でしかないことにすこしも気づかなかった。本気で当初の目的を果たす気なら、その殺人のあと、はるかに忌まわしい行為へと走らざるをえなくなる、とアーサーに耳打ちする声は、あの晩にかぎって、まったく存在しなかったのだ。おそらくアーサーには、原因と結果を概観するだけの知恵がなかったのだろう。個々の命は限られた章からなっていて、最終章で人が殺されることもあるかもしれないが、生命そのものはそれでもつづき、章を重ね、そこになんらかの反動が及ぶものだ。切り落とされたたんぽぽの花がすべての存在の終わりを意味する場合もあるということだ。

だがアーサーはその晩、そのことに思い至らなかった。フレッチャーの家を訪ねるまでの数日のあいだも。彼の考えたことといえば、フレッチャーを毒殺する最良の方法はいかなるものかということばかりだった。むろん殺人にはさまざまな方法がある。殺人について、アーサーは熟知していた。だが彼は医者だ。神経強壮剤でフレッチャーの命を奪ったら、仕事柄疑われないだろうか。背中にナイフが刺さっていたら、殺人の嫌疑がかかるのはまずまちがいない。慎重に選んだ、目立たない毒物なら、司法解剖でも見つからずにすみそうだ。

数日前にアーサーは薬局でアヘンチンキを購入してあった。あとはそれをフレッチャーに摂取させるだけでいい。協力してもらう人間の当てもあった。

一九〇七年、運命は文学に味方したが、フレッチャーのことは見放した。

アテネ旧市街

かすかに音をきしませて、古い木の扉が開いた。

そしておそらく新しい人生も開かれる。おそらく、というのは扉をくぐるとき、その奥でどのような転機が待ち受けているか、だれにもわからないからだ。扉をくぐった子どもが大人になって帰ってくることもある。愚か者が賢者になることもある。野放図な者が使命を持つ人間になることも、不信心者が信心深い人間になることもある。しかし健全な者の魂が壊れてしまったり、無実の人間が罪人になり、道理のわかる人間が異常な行動に走ったりすることもある。

どのような扉であっても、その奥にはなんらかの可能性が待ち受けている。いったいなにが待ち受けているのか事前にわからないのが難点だが。

変だなと思って、ヤニスは人気のない通りを振り返り、それからまた入口に視線を戻した。ノブに触れた覚えがない。古い銀のノブをつかもうとした直前、扉が勝手に内側に開いたのだ。それもゆっくりと。まるで頭の回転が遅く、ようやく自分の役割を思いだしたかのように。扉が巨大な本の表紙のような気がした。ただし表紙といっても外に開くのではなく、内側へ開いて本の中へと誘うものだ。ヤニスは驚きながら中を覗いた。扉の隙間に招かれているように感じ、進化の過程で遺産として心の奥底に残された太古からの欲求が眠りから目覚めた。

しきいをまたいだとき、ヤニスはすっとよぎるかすかな空気の流れを頬に感じた。宇宙飛行士ニール・アームストロングが月面の土を踏んだときに感じたという風のそよぎもこんなだったかもしれない。新天地に足を踏み入れたのかもしれない、とヤニスは思った。しきいというのはふつう、ふたつの異なる世界を分かつものだ。靴先でそっと店内の床に触れてみる。だがなにも起きなかった。ところが、おそるおそる店に踏み入ると、古い扉は何者かに操られるように背後で閉まった。

薄暗かった。店頭の大きなショーウィンドウは曇っているし、書物がうずたかく積まれているため、日の光はほとんど店内に射し込まない。まるで何者かが、外へのまなざしをなんとしても遮断しようとしているかのようだ。

いや、あるいは店内へのまなざしを遮ろうとしているのかもしれない。

店には電灯がなかった。天井から古いシャンデリアがぶら下がり、ロウを垂らすロウソクに灯った小さな炎が闇をなめていた。書架にもロウソクが幾本も立ててある。何千何万頁《ページ》に及ぶ紙の中に裸火とは、店主はよほど暢気《のんき》なのか、あるいはすこしよろめいただけでロマンチシズムが激しい業火へと一変する、そういうきわどい瞬間が好きな人物のようだ。書店では現実が言葉で表現可能なものに還元されるが、それでもまだ不充分だとでも言うように、淡い光が最低限のものだけ照らしだしていた。ヤニスと共に舞い込んだ風で、小さな炎の数々がゆらめいた。グロテスクに歪んだ影が店内をよぎり、予期せぬ客に驚いて店の隅に隠れようとしている名もなき者たちのようにすっと姿を消した。炎の揺れが収まると、ヤニスはひとりぽつんと店の中に立っていた。

どういうことだろう。店の主《あるじ》が出迎えるものではないだろうか。せめてレジの向こうに立っていて、会釈ぐらいしないだろうか。

だが人の姿は見えない。

そもそもレジがどこにもない。入口の近くにあるのは、古い読書用の高机だけだ。といってもその上にはなにものっていない。

黄ばんだ紙と木と革、そして時代がかった匂い。ヤニスはそこはかとない香りに小川を連想して戸惑った。壁面は朽ちかけた書架で天井まで埋め尽くされている。店のもうすこし奥を見ると、書架は壁面だけでなく、部屋の真ん中にも立っていて、小さいが、見渡しのきかない迷宮を作りだしていた。

ヤニスはずっしりと重そうな木の書架の前に立った。古い書物が列をなして背を向けている。より高い理想のために命を投げだす覚悟で点呼を受けている兵卒のようだ。これら精神の闘士たちは革で身を固めていた。ヤニスはふと自問した。ナイフを手にして、動物の皮をはぎ、それで本を装幀しようなどと、いったいだれが思いついたのだろう。

じっと見据えていると、書物が見返してきた。どれひとつとっても肌の色が異なる。それでも共同体を作るには充分なほど似ている。一瞬、『アンクル・トムの小屋』のことが脳裏をよぎった。共に生きることのできない肌の色の異なる人々を描いた物語だ。おそらく人間はちがっていることにこだわりを持ち、この書架の書物たちはお互いを結びつけるものを大事にしているのだろう。ヤニスはかぶりを振った。そんな馬鹿な。書物が意識を持っているはずがあるものか。

背表紙はごつごつしている。中身もきっと手強いだろう。どの本も、背表紙にはなにも記されていない。その先の棚には紙の背表紙が並んでいた。世界文学の傑作の数々がひしめきあっている。シェイクスピア、ゲーテ、ヘミングウェイ、ドストエフスキー、ネルーダ、マイ、フォークナー、クリスティー、ル・カレ、カミュ、ハイスミス……ヤニスは笑みを浮かべた。混沌としたところが自宅の書架とそっくりだ。バラの花壇はここ、チャイブが植わっているハーブの花壇はそこ、そしてシャクナゲの列はあそこといった整然とした庭よりも、ヤニスは、ごちゃまぜになった庭の方が好きだ。混沌は多様性の証だ。

ヤニスは片手をあげて、指で古い背表紙に触れた。まるで恋する者が好きな人を愛撫するかのように数百年分の文学をさっと手でなぞる。書き手の女性や男性は何年も原稿と向きあったはずなのに、本になって書架に並べられれば、厚さわずか数センチ、手でなぞったら一秒の数分の一で通りすぎてしまう。なんだかあんまりな気がする。しかし幸いなことに本を心でつかむことは一瞬では無理だ。手でつかむことと、心でつかむことは同じとは限らないからだ。

ヤニスはなんとなく自分の手を見つめた。指先にほこりがついている。不思議だ。客が訪ねてきて、このすばらしい書物に触れることは、どうやらめったにないらしい。ここにある書物はもう何年も書架から抜きとられたことがないようだ。ひょっとしたら読まれるためにここにあるのではないのかもしれない。隙間なく並ぶ書物。中の登場人物が書物から書物へ、物語から物語へ行き交うためにここにあるような気もする。エルキュール・ポアロが同業のよしみでシャーロック・ホームズを訪ねたり、臆病者の騎士たちがジークフリートから竜を殺す技や女をくどく手練手管を盗むために、自分のお伽噺《とぎばなし》から抜けだし、大挙して『ニーベルンゲンの歌』に飛び込んだり。ここにある『クオ・ヴァディス』を書架から抜いて、頁を開いても、皇帝ネロがシェイクスピアの戯曲『ジュリアス・シーザー』を訪ね、道徳と権力をめぐって、あちらを立てればこちらが立たずと侃々諤々《かんかんがくがく》の政治談義をしているために留守中かもしれない。この書架には死にゆくセールスマンと賢者ナータンとヴェニスの商人が頭を突きあわせ、自分の物語そっちのけで、商売は難しいと嘆きあっているかもしれない。狼の群れが目立たない革の背表紙の陰に隠れて、最新の子ども向きの食べ方をいっしょに会得しようとしているとも考えられる。たとえば祖母を殺さずに丸呑みにする方法とか。するとその中にいた一頭の狼が、ばあさんなんか物の数じゃない、俺なんか七匹の子やぎを丸呑みにした、しかも皮をはがないから子どもの目に触れても大丈夫だと自画自賛するだろう。他の狼は目を丸くして、ほら吹き呼ばわりするにちがいない。もちろん狼が『ニルスのふしぎな旅』に迷い込んだら、こびとにされた少年ニルスはガンの群れが襲われないように注意を払わないと大変なことになる。また赤ずきんがインドの少年モーグリと出会い、狼はひどい奴だとしゃべったりしたら、『ジャングル・ブック』の設定は崩壊し、ラドヤード・キプリングがノーベル文学賞を受賞することはなかっただろう。

　この店にレジがないのは、書物が売り物ではないからだ。きっと情報交換をするためにあるのだ。背表紙に耳をあててじっと耳を澄ませば、あらゆる登場人物たちが商談をし、作品について議論をしているのが聞こえるかも……ヤニスはかぶりを振った。とんでもない思いつきだ。もちろんナンセンス。この書店に入ってから、どうも変なことばかり思いついてしまう。

　店にだれかがいるとはっきり感じたのは、そういう変な思いつきとは無関係だった。ヤニスはいきなり背後にだれかの気配を感じた。

ロンドン　一九〇七年

食事を終えようとしたとき、フレッチャーは体に異変を感じた。

その日は一日、胸騒ぎがしていた。空気のかすかなゆらめき。体のわずかなしびれ。胃のもやもや。雨が降りはじめる前から嵐を感じるのと似ている。判然としないまま、いやな予感ばかりがぼんやりと身を包む。なにひとつ明白なものはない。それでもこの数年、自分では信じられないことなのに、否定できない出来事をいくつも体験してきた。

たいていの時間、デスクに向かって、これからどうしたらいいか思案に暮れて過ごした。袋の端切れで作った小さなブードゥー人形がデスクにのっている。見つめていると、人形が針を数本刺せと言っているような気がした。そうすれば作り話が現実を変えてくれるとでもいうように。外では風が吹き荒れ、枝や葉が飛ばされ、窓ガラスに当たった。フレッチャーを嘲り、ゴミを投げつけようとしているかのようだ。ときおり顔を上げると、大鴉《おおがらす》が目にとまった。エドガー・アラン・ポーの有名な詩を思いだす。羽を風で乱し、じっと枯れ木に止まりながら、黒い瞳で虚空を見ている。先の見えない自分の未来を覆う暗雲を日がな見つめているフレッチャーと同じだ。彼はときおり席を立ち、デスクから書架へ移動し、書架から窓辺へ、そしてまたデスクに戻る。そのあいだずっと小声でなにやらぶつぶつつぶやいていた。そうやって思っていることを口にすれば、問題が多少は解決しやすくなるような気がしたのだ。気持ちを言葉に貼りつければ、そのまま吐きだせるとでもいうように。だがそれでも絶望が彼の心を蝕みつづけた。

フレッチャーは感じていた。わずか三十六歳で人生の隘路《あいろ》に迷い込んだのだ。どうやったらそこから抜けだせるのかわからなかった。アーサーにはしてやられた。許すことはできない。奴はもはや友人ではない。フレッチャーは、真相をすっかり見通せたとは思えなかった。どうもあやしい。アーサーはフレッチャーに未来を決めさせると言っていたが、なにか隠している。

グラディスはその日、妙に静かだった。ほっとするが、彼女らしくない。喧嘩をする気もないようだ。台所や居間で会うと、ポニーテールのほつれた前髪越しにフレッチャーをじっと見つめた。ほつれた髪はまるで鉄格子のようだ。それもグラディスがみずから虜となった檻の鉄格子。夕方になると、彼女は台所に立ち、夕食をこしらえた。ちなみに今晩は客が来ることになっている。アーサーだ。

フレッチャーはいやな予感がしてデスクにつき、短い手紙をしたためると、一冊の本にはさんだ。念のためだ。それから、今晩は勇気をだして、アーサーに分別を取り戻させ、義を正すよう求める決心をした。いまさらではあるが。世間に本当のことを言えと、アーサーに迫ってまだ一カ月と経っていない。だが奴はもうあとに引けなかった。あのけしからん行為をなかったことにする気など毛頭ない。フレッチャーは他の知人とよもやま話に耽ることがあるが、もちろん自分の身に起きた信じがたい出来事は口にしなかった。グラディスには幾晩もその話をして聞かせたが、信じてもらえなかった。彼女の心にかかっているものといったら、ティーポットの滴受けや花柄のテーブルクロスといった簡単に解決することばかりだった。

そして食卓を囲んだ。フレッチャー、グラディス、アーサーの三人。奴は強情で、自分の将来と名声を台無しにするようなことは夢にも考えていなかった。グラディスは料理をほとんど口にしなかった。ナイフとフォークを持つ手がふるえていた。フレッチャーとは目を合わせようとせず、テーブルクロスの色褪せた花柄模様をしきりに気にしていた。食事中、アーサーが野菜を喉に詰まらせ、水を求めた。ただのグリーンピースで咳き込むアーサーを見て、フレッチャーは死んでしまえと思ったが、台所に駆けていきグラスに水を汲んできた。

フレッチャーが戻ると、グラディスは蒼白い顔をしていて、じっとテーブルクロスを見ていた。アーサーの咳は嘘のように収まっていた。

そのとき、フレッチャーの体からいきなり力が抜け、かっと熱くなった。テーブル越しに、アーサーがぼんやりと二重に見えた。

「どういう……」フレッチャーは口ごもり、呆然と皿を見て、グラディスの恐怖におののく目に気づき、アーサーへと視線を移した。

「すまない、友よ」そう言って、アーサーは肩をすくめた。「あのことをしゃべると言うから、こうするほかなかった。きみはすでに注目を集めすぎた」

グラディスがしゃくりあげた。ナイフとフォークが彼女の手から落ちた。フレッチャーは口に指を入れ、床に吐いた。

「手遅れだよ」そう言って、アーサーは気の毒そうに微笑んだ。それからナプキンを膝から取ると、口をふき、丁寧にテーブルに置いて立ち上がった。「きみに出しゃばられては困るんだ」

フレッチャーは椅子から転げ落ちた。テーブルクロスが顔のそばでひるがえった。だが死を前にしてくだらない花柄模様を見る気などさらさらない。彼の人生を彩った花である妻はどこだ？

「グラディス……」とあえぎながら言った。だが返事をしたのは、またしてもアーサーだった。

「グラディスかい？　心配はいらない。このわたしが心身ともにちゃんと面倒をみる。正確に言えば、だいぶ前からそうしているのだがね。しかしきみは夢にも思っていなかっただろう」

アーサーが隠していたのはそれだったのだ。グラディスは昔の級友を訪ねるといって頻繁に旅行に出た。不思議には思っていた。まさかアーサーが絡んでいたとは。しかし奴が盗んだのは彼女だけではない。とうとう命まで奪われる羽目におちいるとは。

グラディスの泣き声が聞こえた。だがフレッチャーには妻が見えなかった。外では大鴉が啼《な》いている。絨毯《じゅうたん》に横たわったフレッチャーは生気の抜けていく自分の体と格闘していた。

アーサーが彼のそばへやってきて、しゃがみ込んだ。

「アヘンチンキ」そう言って、アーサーは医者らしくフレッチャーの虹彩を診た。「司法解剖でも証明できない。死因はチフスとみなされるだろう」

「そうはさせるか」フレッチャーはあえぐように言った。「あのことはあの女《ひと》に伝えた。あの女はすべてを知っている。おまえに引導を渡すだろう！」

「あの女？　あの女だって！」アーサーは一瞬びくっとした。計画に盲点があることを指摘されたかのように。それからフレッチャーの頬を軽く叩いた。「彼女のことを忘れるところだった。もう久しく会っていなかったのでね。思いださせてくれてありがとう。彼女のことは自分でなんとかするよ」

「気はたしかか？」フレッチャーは自分が死に瀕していることを忘れて言った。「自分がなにをしようとしているのかわかっているのか。すべてを危険にさらすんだぞ！」

そのときフレッチャーの息が止まった。

アテネ旧市街

ヤニスは狼ににらまれた兎《うさぎ》の心境で身をこわばらせた。もうだめだとわかっていながら、動かなければ見えないはずだとか、自分がじっとしていれば、世界も止まるだろうとか期待する兎。

その人は真後ろに立っていた。ヤニスは全身に視線を感じた。どうやってそんなすぐそばにやってくることができたのだろう。足音は聞こえなかった。衣擦れの音も、息づかいも耳に入らなかった。

だが恐れる理由はない。書店はそもそも寛容さが売りだ。辛抱強い書店の邪魔をするなど、なにをもってしても、そしてだれによっても、できることではないだろう。大衆作家カール・マイでさえ、そこに居場所が与えられているのだから。店内がにわかに暖かくなり、ふだんなら泉のそばで感じるような香りが漂った。なんの香りかわからないが、清々しくて生き返るようだ。振り返らなくてもその人が訝《いぶか》しげに見てはいないと感じた。好意的な視線、好奇のまなざし。ヤニスが背を向けているかぎり、自分から声をかける気はないようだ。胃がきゅっと縮み、心地よい緊張を感じた。

そのときはっとして息をのんだ。見てもいないのに、どうしてそんな感じを覚えるのだろう。

それからゆっくり振り返った。ロウソクの淡い光の中で目の前に立っているその人を見て、ヤニスの心に火が灯った。

最初に目に入ったのは瞳だ。見るなり、ヤニスは不思議な無の世界に引き込まれた。未知の体験なのに、なぜかよく知っているその力に、視力も思考力も感覚も吸い込まれ、あとのことはどうでもよくなった。その女性は彼の魂を覗き込んでいた。ヤニスは彼女の大きな黒い瞳の奥底にのみ込まれた。それは何百年にもわたってギリシアで受け継がれてきた瞳にちがいない。彼女は心持ちやぶにらみだ。おそらく目の前に立っているせいだろう。ヤニスの左右どちらの目を見たらいいか決めかねているように、瞳が軽やかに躍っている。一度だけまばたきした。それもゆっくりと。この女《ひと》は生まれてこの方、やきもきする経験などしたことがないかのようで、しばらく目を伏せて、世界を遮断してもすこしも恐くないらしい。

この女の目元を見れば、人生を笑って過ごしてきたことがわかる。目尻の細かい皺などほとんど気にしていない。瞳から目を離し、顔全体を見ると、彼女は笑みを浮かべた。官能的な顔立ち。ギリシアの神々の娘、あるいは長年、海の底でイルカとたわむれ、最近気が向いて陸地に上がってきた人魚のようでもある。それとも名もなき彼方の星で人間の汚れに触れずに、罪も人生の重荷も知らずに生きてきたのかもしれない。さもなかったら、これほど温和な表情などできはしないだろう。もしかしたらこの女も、背後の古書から抜けだしてきたのかもしれない。本の中ではエルフか仙女か一角獣と生きていたのではないだろうか。それなら、突如背後にあらわれた説明もつく。さっき古い背表紙を指でなぞったときに、なにかの魔法を解いてしまったのかもしれない。

彼女の黒髪は軽く波打ちながら肩にかかり、眩しい昼を終わらせようと優しく絡みつく官能的な夜の触手となって白い衣にまとわりついていた。その衣はすこしだけ古代のチュニックを連想させる。シンプルだが洗練されている。両腕をゆったりと下ろし、体の前で優雅に両手を重ねている。足には普通のサンダルをはいていた。

「ようこそいらっしゃいました」

にっこりしながらそう言うと、女は軽く首をかしげ、顔にかかった数本の巻き毛を払った。その艶《なま》めかしい仕草に、ヤニスは心を奪われそうになった。

この世のものとは思えない、温和な女性だ。その声は明るい音色の鐘の余韻のように澄んでいた。ヤニスは、彼女の声の響きが自分の内面に反響するのを感じた。同じような音色の言葉を連ねてヤニスのためだけにひとつの文章を口にしてくれた。〝ようこそいらっしゃいました〟これほどすばらしい言葉がこれまでこの世にあっただろうか。

それにそもそもどういう意味だろう？　ヤニスが来るのを待ち焦がれていたということか。いつかヤニスがここを通りかかると予感して、ずっとこの謎めいた書店にいたということだろうか。あるいは空想上の生き物で、呪いにかかり、物語の中に長年閉じ込められ、ヤニスが指で背表紙をなぞるのを待っていたのかもしれない。

「わたしはリオ」女が言った。「あなたは？」

「インス」ヤニスは口ごもって、うまく舌がまわらなかった。だがだれが本当の名を気にするだろう。インスと名乗っても、リオはさして驚いた様子を見せず、重ねていた両手を離し、右手を差しだした。ヤニスは気もそぞろに手を伸ばしたために握手をし損ね、あらためてリオの細い手を探った。この状況ではよくやれた方だ。ヤニスはゆっくり握手をした。リオの長い指に優しく触れた。リオがにこやかにヤニスを見つめた。彼女の顔が心なしか、内心を明かすように紅に染まっていた。ヤニスの中で、いままで言葉にしたことのない感情が目覚めた。感無量。

「ヤニスです」彼は言い直した。彼女がなにか言ったが、まさかさらに話しかけてくると思わなかったので、うっかり聞きそびれてしまった。ヤニスがきょとんとしているのを見て、彼女ははにかみながら、もう一度言った。「わたしの手。これからもどうぞよろしく」

「これは失礼」ヤニスは心ここにあらずという風情でつぶやくと、自分が言ったことに気づいて、ばつが悪そうにリオの手を離した。リオは手を離さずにいてくれた方がうれしかったとでも言うように、おずおずと手を引いた。ヤニスは、リオが美しい両手を重ねるのを残念そうに見た。

淡いロウソクの光に照らされ、リオの瞳はふたつの神秘的な黒い湖のように見えた。リオはまだ一度も目をそらしていない。本当に書物の中から飛びだしてきたのなら、まなざしで人を虜にする女魔術師かもしれない。そしてヤニスは魔法にかかり、変身させられ、魅了され、幻惑されてしまった。虜になることがこんなにうれしいことだとは、いままでちっとも知らなかった。心臓が燃え尽きてもいい。このまま一生、この女の呪縛の中に絡めとられても気にしない。自分の人生が今この場で支離滅裂になってしまってもかまわない。どうせこれまで無意味な人生の連続だった。それどころか宇宙全体が……。

リオは咳払いをして、ヤニスのめくるめく思考の中にそっと割り込んだ。

「本はお好き?」

「それはもう」ヤニスは意気込んで言った。むろん本は好きだが、いまは別の愛について話したかった。しかしうまい言葉が見つからない。七面倒くさい文学談義をする心の用意もできていなかった。そういう話をするにはまだ早すぎる気もした。けれどもリオをそのまま黙って立たせておくのはまずい。ヤニスは気を取り直して、言葉をつなぐことにした。

「書物は天地創造に等しいですから」

といっても、それは言おうと思っていたことではなかった。本当はこの不思議な状況にふさわしいもっと気の利いたことを言いたかったのだ。それでも非の打ちどころのない完璧な文章にはちがいない。なにを言いたかったのか、自分でもよくわかっていなかったのだが。

一瞬、リオの眼光がさっきよりもするどくなって、もっともだと言うようにうなずいた。そのとき黒い巻き毛が数本、顔にかかった。

「書物が天地創造に等しいなら、この世界は最高の本ということになるかもしれませんね」リオは言った。

「だとしたら、だれが書いたのでしょう?」そうたずねて、最高の創造物はこの世界ではなく、リオ、あなただ、とヤニスは思った。

「さあ」リオは考えるそぶりをした。「創造物自身が先を書きつづけるのではないでしょうか」

リオは片手を上げ、顔にかかった髪を払い、耳にかけた。ヤニスはまたしても胸に熱いものを感じた。できることならもうこの書店から出ていきたくなかった。だが出ていかないと、燃えあがりそうだ。そうしたらだれにも救えない。

「でも、そろそろおいとまを」ヤニスは心にもないことを言って、ちらっと扉を見た。

「またおいでください」リオは言った。その顔にまたもやかすかに紅が差していた。

「ええ、また来ます」ヤニスはそう言うと、出口に向かってよろよろ歩きだした。表に立つと、深呼吸した。そういえば、リオは本を買うかどうかまったく訊《たず》ねなかった。店主にしてはかなり妙だ。

ヤニスは混乱しながらその古い路地を歩いた。そのとき目の端に背の高い人の姿をとらえたような気がした。壁に身をそわせ、こっちを観察している。だがそこに視線を向けると壁しか見えなかった。

ロンドン　一九〇七年

アーサーは口髭をなでつけ、どんよりとした雨空を窓からぼんやり見つめていた。ここ数日、ありとあらゆる光と色彩がイギリス全土からぬぐい去られてしまったかのようだ。気候に変化が乏しい土地柄として知られているにしてもこれは極端だ。グラディスは台所でかいがいしく家事に勤しんでいる。皿を並べ、鍋を重ね、カップをだして、別の食器棚にしまってはまた元に戻す。頭の中でつまらないことを考えるよりは、食器をいじる方が無難なのはたしかだが、この数日、そればかりだ。フレッチャーを毒殺してから、グラディスはろくに口を利かず、アーサーとは視線やちょっとしぐさで意志疎通するだけだ。医者であるアーサーは、気持ちがわかりすぎるほどわかったのでそっとしておいた。

冷たい窓ガラスに片手を当てて、アーサーは指先でゆっくりと叩いた。外から雨の滴が叩き返してくる。雨は悪事の目撃者だといわんばかりに激しく窓に打ちつけ、アーサーに迫り、責任を取らせようとしているかに見えた。アーサーに必要なのは計画だ。犯罪については熟知している。犯罪行為をもみ消す方法を知っている者がいるとしたら、それは彼だ。フレッチャーを殺害したときも、なんら問題はなかった。思ったとおり検視にあたった医者が死亡証明書に死因はチフスと記入した。だがいま、問題なのはまったく別のことだ。それも大問題だった。アーサーのような者でもおいそれとは手がだせない。しかし選択の余地はなかった。最近、王家からお墨付きをもらった彼の名声が危機に瀕しているのだ。悠長に構えてはいられない。

フレッチャーの言ったとおりだ。まだあのことを知っている女がひとりいる。危険な存在になるだろう。こうしてアーサーは、ふたつの問題を抱えることになった。まずあの女に接触しなければならない。それが簡単ではない。フレッチャーがアーサーの所業をあの女に語ったのは五年前。それっきりまったく連絡が取れなくなった。次にもっと込み入った問題がある。あの女が仮に見つかったとして、どうしたらいいだろう。フレッチャーと同じように排除するか。そんなことができるのだろうか。できるとして、もし決行したらなにが起きるだろう。というのも、ここでもフレッチャーの言ったことは正しい。あの女を亡き者にしたら、アーサーのような男には想像もつかない事態が出来《しゅったい》するかもしれない。世界がゆらぐ恐れすらあるのだ。現世だけではない。来世も、そしておそらく過ぎ去りし世も。

だがなにもしなければ、自分の人生がぐらつくことになるだろう。明確な優先順位をつけなければならない。心の決まっている者にとって、優先順位に迷いはない。それに、世のためになると思い、医者としてボーア戦争（一八九九—一九〇二年。南アフリカ戦争とも呼ばれる）に志願した過去がある。そろそろ世間にお返しをしてもらってもいい頃合いだ。

ふっとため息をついて振り返ると、アーサーはフレッチャーの古いデスクに向かって椅子に腰を下ろした。向かいの壁に、書架がなく絵もかかっていない空っぽの部分がある。アーサーの自宅の仕事部屋にある空白と同じだ。フレッチャーを殺した日から、アーサーはグラディスのところにとどまっている。といっても、彼女のためではない。理由はその挑発してくる壁にある。来る日も来る日も何時間もこの部屋で過ごし、目の前に立ちはだかる人生の障壁とも言えるその壁を怒りを込めてにらみつけていた。

アテネ

ヤニスは自分の仕事部屋にある書架の前に立った。リオの店と同じように、部屋を暗くして、数本のロウソクを灯した。袋の切れ端で作った小さなブードゥー人形に目がとまった。その人形は雑貨屋で買い求めたもので、いまは書架に並ぶ蔵書のあいだに鎮座している。ヤニスが人形に触れたら、リオは髪の毛にそよぐ息吹を感じるだろうか。

ともかくリオがいる。もちろん彼の背後にではない。心の中にいるのだ。

リオの店と同じで、ヤニスの仕事部屋も雑然としている。書架に並ぶ蔵書にはなんの脈絡もなかった。蔵書を色別とか、ジャンル別とか、判型とかで分類する習性のある人間などここにはいない。蔵書は理路整然と並べられてはいない。「われわれはアップダイク」とか、「われわれは植物学の専門書」と声高に主張してはいなかった。ところどころに若干の傾向は見て取れるが、ふざけたところもある。たとえばカフカの短編集が精神医学の本の横に並び、ヘミングウェイの『エデンの園』がうつ病に関する代表的な著作の隣にある。美食家のスパイを描いたジンメルの『白い国籍のスパイ』はケチャップ料理の本と肩を並べ、絵本の『はらぺこあおむし』は害虫駆除の専門書とくつわを並べているといった具合だ。あとはすべて適当。ヤニスは自分の蔵書を知り尽くしていたので、とくにシステムを導入する必要がなかった。仲のいい友を訪ねるのに地図などいらないのと同じだ。

書架の書物は立ててあるが、棚の隙間にも本を横にして詰め込んでいた。壁にはまだ書架を置く余裕があるが、その金があるなら書架ではなく本に注ぎ込みたかった。ときどき部屋の隅に置いた古ぼけた安楽椅子に静かにすわって、うっとりと書架を眺めていると、壁の空白を壊さない方がいいという気持ちが心に忍び込んでくる。空白があれば、発想が開花する余地がある、と。いつかその空隙が彼の人生にとって大切な目的で埋められるはずだ。

ヤニスはこれまで一冊の本も買わずに書店を出たことがなかった。いつもなにかしら宝物を見つけだす。いつでも書店には、彼を待ち受けている本がある。そしてヤニスはつねにひもじい思いをしながら書店に入り、満ち足りた思いで出てくる。

だが今回は、店に足を踏み入れたときよりも痛烈なひもじさを味わいながら外に出た。いつもとちがう。それにこれまでとは比較にならない宝物が見つかった。

ヤニスはため息を漏らして目を閉じると、リオのたおやかな顔《かんばせ》を脳裏に思い浮かべた。なにかが彼の心中に流れ込んできた。やはり感動だったのか。というより恋慕、それともなにかもっと別のものだろうか。

生涯の伴侶に相応しい女性と知りあうのにもっとも理想的なのはどういう場所だろう。これまでに何度も考えてみたことだ。選んだのは二カ所。まずは市立公園。ここには溢れんばかりの日の光があり、ものごとを明るみにだす。鳥が遊び、あらゆる存在が軽やかであることをその翼で見せてくれる。その軽やかささえあれば、ヤニスと伴侶は一生、話が尽きないだろう（それが夢のいいところだ。女性という厄介な存在に声をかけてもつらい思いをせずにすむ）。それに公園には古いベンチがあって、すわることができる。古いベンチはすでに数多くの恋人たちを乗せてきた。恋心が募れば、ますますベンチのすわり心地がよくなったはずだ。それから青空の下で会い、自然の只中に身を置くのは、楽園でアダムとイブがはじめて出会ったときと同じように恋の原点だ。決まった日時に公園の決まった場所で出会い、足を止め、目を見つめあうとき、それは人と人をつなげたり、すれちがわせたりする運命の力の存在を示す確かな証拠になる。

夢に見る女性と出会うもうひとつの理想的な場所と言えば、もちろん静かな書店だ。そこでは孤独なふたりがふたりだけの世界を花咲かせることができる。見ているのはもの言わぬ書物だけだ。書物は恋愛の物語を知り尽くしている。だからどんなことにも理解を示し、どんな睦言《むつごと》もくだらないとは思わず、もの分かりよく傍観することだろう。書店で出会う女性はまたヤニスにとって大事な特徴を備えているはずだ。たとえば大量の文字を印刷して束ねた数頁《ページ》の紙のようになんの変哲もないものを好むだろう。そしてロマンチックだったり、無鉄砲だったりする物語を好む者は自らも、心の深いところではロマンチックで、無鉄砲で、ふだんはそれを静かな水面下に隠しているのだ。ちょうど表紙の下に隠れている冒険譚のように。書店でなら、開いた本の端から女性に視線を向け、にっこりしながら恐ろしく気の利いた言葉を投げかけることもできる。たとえば「この本では書店で男女が出会います。午後五時に市立公園の古いベンチに来てくだされば、物語がどんな結末を迎えるか話してさしあげましょう」というように。あるいは「この本は五百頁あります。ぼくたちには充分な長さでしょう」とか、「この料理本のレシピはすべてふたり分なのです」とか、その女性の前でただ詩を朗読するとか。『ロミオとジュリエット』を買って、見返しになにか胸を打つ言葉を書き込み、電話番号を添えて、さりげなく女性に渡し、反応を待つという手もある。

むろん空論にすぎないが。

ヤニスは書架から離れ、古ぼけた安楽椅子に腰を下ろした。その安楽椅子の役目は、地に足のつかなくなったヤニスを受け止めることにある。そう、夢の中なら、内気な人間も大胆になれる。夢と書物に共通点があるとしたら、そこだろう。

リオの魔法に秘められた謎を解こうとするなら、瞳に深い湖をたたえる女性に声をかけられても口ごもったりしない肝の据わった男でいられる本の中に急いで潜り込んだ方がよさそうだ。だがもしかしたらすでにそういう本の中に入っていて、あとは物語の進行に影響力を持つだれかが次の頁を言葉で埋めてくれるのをただじっと待つほかないのかもしれない。

アテネ

次の日の朝、ヤニスは目を開けて戸惑った。目覚めた場所が寝入った場所とちがう印象を受けたのだ。

おずおずと天井を見つめる。いつもと変わりなく思えるが、一夜にして人生の道を踏み外したような気がした。目を閉じているあいだに、勝手に道が新しい方向を決めてしまったかのようだ。

きっと新しい章が始まるのだ。人生の一章がいつ幕を下ろし、新しい章がいつ幕を上げるかを予見することなどなかなかできるものではない。もしかしたら人生の四十四頁《ページ》で眠ってしまい、夜中に運命が頁をめくったのに、人生は四十五頁へと進まず、四十四頁の最終行にとどまっていて、勢いをつけて次の頁へと助走している、そんな状況かもしれない。本の中では章の存在が単調さを破る。人生もきっとそういうものだろう。人生の流れもときには大きく波立ち、新たな岸辺に打ち寄せるものだ。人が夜眠るのはきっと、天の意志が元気よく次の章へと頁をめくるときに、眩暈《めまい》を起こさないようにするためにちがいない。

ヤニスはゆっくりと寝室に目を泳がせた。

なにも変わった様子はない。

まあ、いいだろう。大きな変化は見た目でわかるものとは限らない。そして新しい道が古い小道に重なっていることもあるだろう。

その夜、とても風変わりな書店の夢を見た。本は買わなかったが、代わりにすこしちがうもの、はるかに大切なものを手に入れた。あの不思議な女性だ。瞳が黒く、タツノオトシゴのように優雅に動き、声は妖精を彷彿とさせる。

夢？

ヤニスは上体を起こした。そうだ。公園の古いベンチで夢想してから、旧市街で知らない路地に迷い込み、リオの不思議な店を見つけた。普段、道を間違えることなどないのだが、昨日はいつもの道からそれて、あの路地に迷い込み、めくるめく物語に飛び込んでしまった。

狼や影や妖精や騎士などありとあらゆる小説の登場人物が突如、彼の人生に住みついた。もちろん本当にあらわれたわけではない。けれども、ヤニスの中でなにかが変わった。本の読みすぎかもしれない。

読書は地平を開く。書物と物語は、ヤニスにとってリアルな刺激の集積所だ。想像しうるものをサンプリングしたもの。見た目ではわからないものを見極めるための招待状だ。

もちろん目に見えるお伽噺の住人だっている。通りを二本行ったところにある小さなパン屋のやさしい売り子。彼女は毎週日曜の朝、妖精のようにヤニスの願いを叶えてくれる。魔法の袋にはパンを三つ入れたのに、自宅に帰るとなぜか四つに増えている。駅前の食堂のコック。彼は毎朝、駅前広場に行き、前の晩の料理の残りを路上生活者に配る。歩行者専用ゾーンに立ち、足早に通りすぎる歩行者を指差し、よく聞き取れないが、露骨に罵声を浴びせている老婆、あれは魔女だ。新聞を売るキオスクの主人。鉤鼻で、古い読書用眼鏡をかけ、こわい目つきでにらむところは底意地悪い魔法使いのようだ。魔法の手でヤニスの古いラジオを蘇らせた電気技師。折りたたみ式のがたがたしている椅子を玄関の前にすえてすわり、自家製レモネードと古いコミックを近所の人に売る小さな少年。その少年を喜ばせたいばかりに、ぼろぼろになったコミックを買い、割高で甘すぎるレモネードをすする隣人。小さな酒場では食べていくのもやっとなはずなのに、客に高級ウィスキーをただでふるまう主人。毎年十二月にデパートで大きな椅子にすわり、王様のように太っ腹なところを見せて、見ず知らずの子どもにプレゼントを配るサンタクロース。飼い主に治療費を払う甲斐性がなくてもかまわず犬と猫の治療をつづける女性獣医。通りの反対側に住み、毎朝、四階の窓を開けて布団のほこりを払う老婆。あれはホレおばさん（「グリム童話」二十四番の同名童話に登場する人物）その人だ。こうしたお伽噺の住人は、だれの目にも見えるわけではない。

お伽噺の住人にはもっと目につかない者たちもいる。現実《リアリティ》の外側にいる者たちだ。それに気づくのははるかに難しい。そうしたお伽噺の住人はふつう、自宅の小さな四角い部屋に籠もっていて、扉が表紙といってもいい。書物はシロアリの群れに似ている。温かく、一塊になってうごめくのだ。だれにも予想のつかないことだが、正面壁の奥では数々の宇宙がひそかに怒濤の動きをしている。そうした数々の書物は折に触れてわななき、表紙がほんのすこしだけ持ち上がることもあれば、奇妙なつぶやきやささやきが頁のあいだから漏れてきたり、叫び声があがったかと思うと、実《じつ》の世界の轟音にかきけされたりする。だがそれに気づけるのは、人一倍注意深い者だけだ。書物は熱を帯び、うちふるえ、催眠術をかけ、誘惑し、隙をうかがい、いつでも襲いかかろうとしている。用心しないと指をはさまれかねないねずみ取りの罠にも喩えられるだろう。そうなのだ。すすんで読書をする者なら、表紙の奥に隠れているお伽噺の住人も、現実にいるお伽噺の住人も同じように簡単に察知できるだろう。ときには相手がそのどちらなのか判然としないことすらあるはずだ。

ヤニスはベッドから出ると、戸棚からだしたTシャツとショーツを身につけながら、浴室へ向かった。片やお伽噺、片や実の世界。新鮮な空気を吸い、双方をつなぐなにかを求めるのなら、行くべきところはただひとつ、それは……

アテネの海岸

……海だ。ヤニスは息んで足を伸ばし、つま先を砂にうずめた。そよ風がTシャツを吹き抜け、冒険の途上にある船の帆のようにはためかせる。アテネの海岸から膨大な海水の世界が始まる。その深みと謎に人はけっして踏み込むことができないだろう。あまねく命の始まりである大海原を波打たせるのは風ではない。数十億に及ぶ物語だ。大昔から海へと流れ込み、染みわたり、わたつみを攪拌《かくはん》する物語の数々。ヤニスは遠くを見つめながら思った。大海原は、よい物語が多くを必要としないという恰好の証だ。人間に想像の翼を与えるには、水があるだけで充分なのだ。

波打ち際はふたつの世界の寄せては返す境界。ここ、ヤニスのまさに眼前に、第二の世界がある。ヤニスの世界に繰り返し打ち寄せ、湿り気を残していく世界。海の怪物や海賊や危険な岬や船の精や沈んだ大陸や、予測のつかない嵐に満ちた世界だ。人間の習慣や決まり事など通用せず、だからいきなり自分の想像力につき戻されるその場所では、どれほど穏やかであっても、固い岩場に確実に穴をうがつ波のごとく人生は融通無碍《ゆうずうむげ》なものになる。古代から十九世紀にいたるまで、船乗りは幽霊船のうわさ話をしてきた。物語る力がそのうわさを現実のものにした。忽然と姿を消す船。乗組員のいない大きな帆船、神出鬼没の船。地球上どこでも、世界を股にかける船乗りたちは冒険譚に尾ひれをつけて言いふらすものだ。ファン・デル・デッケン船長は、寝床を共にしようとしなかった女を殺し、海に沈めたという。だがそれからというもの女の嘆きの声を絶えず聞くようになり、頭がおかしくなって、とうとう喜望峰を抜けることができなかった。それ以来、さまよえるオランダ人となって何度も喜望峰を抜けようと試み、やがて船乗りのうわさ話の中で不滅の命を得た。バミューダの魔の三角海域も同じだ。実際には沈没船の数は他の海域と大差ない。あるいは巨大な海の怪物。これもたいていは競合する別の船会社を決まった海路から遠ざけるために船会社がわざと流したデマだ。インドやインドネシアの香辛料の島をめざすのに、多くの商会がいくつかのうわさ話に恐れをなして、巨額の金と途方もない時間を無駄にしてきた。

少女がひとり海から上がってきた。ヤニスは目を凝らした。少女はふらついて、立っているのもやっとな様子だ。水色の妙な生地が体にまとわりつき、長い黒髪が顔に貼りついている。船の精や幽霊船の物語からなる世界が固い大地に変わるあたりで、少女はしばし立ち止まり、足下を見た。慣れない手つきで髪の毛を顔から払った。歳はせいぜい十五だろう。

少女はまた歩きだした。そばを通りすぎたとき、ヤニスは少女の足が砂地に小さな赤いしみを残していることに気づいた。

「血を流しているぞ」ヤニスが叫ぶと、少女は動きを止めた。

「きみの足。海の中でなにか踏んだんだ」

少女はゆっくりとヤニスの方へ顔を向けた。やけにのっぺりとしている。緑色の目が困惑ぎみにヤニスに向けられた。

ヤニスは少女の足下を指差した。

「痛くないの？」

少女はふっと微笑み、それから肩をすくめた。

「海難救助員に医者を呼んでもらおうか？」ヤニスはたずねた。

少女は手を横に振った。

「名前は？」

少女はまた微笑み、二本の指で口を指し、かぶりを振った。

「口がきけないのか？」

大きくうなずく。

「どこへ行くところ？」

少女はしゃがんで、長い人差し指で砂地に字を書いた。

「囀《さえず》る魚」

「囀る魚？」

少女はにっこりうなずいて、首をかしげ、満足そうに自分が書いた言葉を見つめた。それからさらに書いた。

「あたしは寄る辺ない道を行く」

相手が十五歳にしても、奇妙な言い方だ。

「寄る辺ない道？　ずいぶんすごいことをしているね」ヤニスは笑った。

「あたし、恋をしているの」少女はそう書いて、顔を赤らめ、それから書いたものを手でかき消した。

「なるほど」ヤニスは答えた。少女は一生懸命うなずいた。しばしのあいだ、ふたりは秘密を分かちあう間柄のように顔を見合わせていた。ヤニスの心が温かくなった。特別に心のつながった人と見つめあうと、いつもそうなる。少女の指がまた砂地に文字を書いた。

「ありがとう」

ヤニスは面食らって彼女を見つめた。

「どういうことかな?」ヤニスがそうささやくと、少女の目に失望の色が浮かんだ。

「いまにわかる」少女は書いた。

少女は立ち上がり、去っていった。砂を踏んだところには、小さな赤い跡が残った。痕跡、あるいは強い印象を残すことが、少女にとって大事なことであったかのように。

アテネ旧市街

人を惹きつける力には不安がつきものだ。その出会いがたとえどんな状況下にあろうと、それこそ偶然の産物だろうと、惹きつけられた人と人は、ふたたび相まみえることもあれば、引き裂かれることもあるからだ。

例の書店に入るとき、ヤニスは心臓が飛びだしそうなくらいどきどきした。ふたたび顔を合わせたとき、リオはどのような反応をするだろう。しつこいと思わないだろうか。

入口の近くの古い高机になにか置いてあった。淡い光の中では四角い輪郭しかわからない。ヤニスは興味をそそられて近寄ってみて、どきっとした。

どこにでもあるような白い布にくるんで紐でくくってある。形から推測するに本だ。それほど分厚くはない。それより気になったのは、そこに貼られている黄ばんだ小さな紙だ。

「ヤニスに捧ぐ」と書いてある。

その不思議な贈り物に手を伸ばそうとしたとき、背後でかすかに衣擦れの音がした。

「どうしてぼくがまた来るとわかったんですか?」ヤニスは振り返らずにたずねた。

「よい物語はいつも続編を求めます。いいところで中断したときは尚更です。シェヘラザードをご存じでしょう?」

ヤニスは振り返った。リオは二本の書架のあいだに立っていて、ヤニスの方へ歩み寄ってきた。唇に笑みが浮かんでいる。リオは、月明かりを浴びて、その淡い光をまとっているかのように輝いていた。

「『千一夜物語』の語り手ですね?」ヤニスは笑みをこぼした。

「シャハリヤール王に仕えた大臣の娘です。王は、第一夫人が奴隷と不貞を働いたことを知り、それから二度とだまされたくない一心で、毎日新しい女を妻に迎えては翌朝処刑していました」

「むちゃくちゃだ」

「しかしシェヘラザードはこの悪行をやめさせるため、父に願って王の妻にしてもらったのです。彼女は一計を案じていました。夜ごと、王に物語を語り、朝になると中断したのです。王は話のつづきが知りたいがばかりに、彼女を生かしました。こうして物語が千一夜にわたってシェヘラザードの命を救うことになります。そして王はシェヘラザードの誠を信じ、殺すのをやめたのです」

「話を山場で中断して、別の話でつなぐというのは、いまでもよくやるやり方ですね」ヤニスは言った。

「ええ。でもシェヘラザードには他にもやったことがあります」

「と言いますと」

アテネ旧市街

「生まれて……

……死ぬ」リオは話をつづけた。「それだけでは、中身のない短く空疎な章と言えるでしょう」

アテネ旧市街

「物語はわたしたちの人生を満たしてくれます。シェヘラザードの人生がそうであったように命を永らえさせますが、わたしたちの人生を味わい深くもしてくれます。いわば……」

「物語はぼくたちの人生を支える」ヤニスはささやいた。

リオは彼に微笑みかけた。

「人生の糧です」

なんとも厳かな響きだったので、ヤニスはしばし言葉がなかった。

リオは書架から一冊の書物をとった。「ロシアの作家フョードル＝ミハイロビチ・ドストエフスキーが書いていています。〈本がなかったと考えてみたまえ。われわれはすぐ混乱し、途方に暮れてしまい、なにに従い、なにに固執し、なにを愛し、憎み、敬い、蔑むべきかもわからなくなるだろう〉書物はわたしたちに指針を示すのです」

ヤニスはうなずいた。本の虫を自認する彼は、リオの言わんとすることがすぐにわかった。多くの人が読書を通してはじめて自分自身を見つけるのだ。

「読書は地平を開くのです」リオは話をつづけた。ヤニスもよく知っている考えだ。自分でもかつてそう考えたことがあるような気がした。「読書は物事を明瞭にします。もちろん自分の感情も。本の頁《ページ》をめくるとき、ややもすると見逃してしまうような人生の一面を開けることにもなるのです。読書は、対象をしっかり見るのに役立つルーぺと言ってもいいでしょう。多くのことは長い間、人の心の奥底にまどろんでいるものですが、言葉にすると自覚できるようになります。愛にとって一番大切なのは夢中になることだと、みんな頭ではわかっていますが、恋愛小説をひもといてはじめて実感が伴うのです」

「愛情と同じで、読書に必要なのも熱中する力ですからね」ヤニスは笑みを浮かべた。

リオはうなずいた。「そうなるとただの傍観者ではいられなくなります。そこに参加します。あるときは探偵、あるときは医者、そしてまたあるときは騎士となって。本を閉じると、怪我も武具もすべて消えてなくなります。あたかもなにも起きなかったかのように。それでも人生の終わりに来たとき、書物を渉猟《しょうりょう》した人は自信を持って言えるでしょう。たくさんの経験を積んだと。ネモ船長と海底を探検し、大胆不敵なオットー・リーデンブロック教授と地底旅行をした。アラン・クォーターメン（ヘンリー・ライダー・ハガードの冒険小説『ソロモン王の洞窟』の主人公）とアフリカの大地で危険な冒険をし、憎しみに取り憑かれたエイハブ船長と共に白鯨を追った。ロビンソン・

クルーソーといっしょに無人島で暮らし、シンドバッドと共に海原を越え、エドモン・ダンテス（アレクサンドル・デュマ作の『モンテ・クリスト伯』の主人公）と組んでシャトー・ディフ監獄から脱走した。ジークフリート（ドイツの英雄叙事詩「ニーベルンゲンの歌」の主人公）といっしょに竜を退治し、モーグリと共に狼の群れの中で暮らし、ニルスといっしょにガンに乗って空を飛んだかもしれない」

不思議だ、とヤニスは思った。ジークフリート、ニルス、モーグリ。最近、頭の中で思い描いた登場人物じゃないか。

リオはリオン・フォイヒトヴァンガー（ドイツ系ユダヤ人小説家）の本を書架から抜いて、適当な頁を開いて、ヤニスに差しだした。

「でも、それだけではありません。ご覧なさい」

「どういう意味ですか？」

「文字を見てください」

「文字を？」

「文字は時を超える最強の力と言えるでしょう。文字は記号です。文字が浮かんで見えますね。白地に黒。でも色とりどり。そしてなにより、文字は毎日、連係の力を見せてくれます」

「えっ？」

「文字は音節になり、音節は単語になり、単語は文章になり、文章は物語になります。小さなものが大きなものを作るのです。わかりますか？　小さなものをないがしろにすると、大きなものは瓦解するのです。アルファベットで言えば、Eという文字は特別な存在だと主張したりしません。Eがなければ、すべてのまとまりを失いますが、でも他の文字がなければEはどうなるでしょう？　単独では意味がなく、連係してはじめて意味をなすのです」

「読書は、この世界では大きなものが小さなものに依存しているということ、その逆ではないということを教えてくれるのですね」

「ええ、そう言えるでしょう。だから独裁者は遅かれ早かれ破綻するのです。それゆえ民主主義では、上の人間は下の人間によって選ばれることになっているのです。そして文字の力にはもっとすごいところがあります。だれかが文字を連ねると、別のだれかがそれを受け止めるでしょう。そこにはとてもわくわくするプロセスがあります。文字が明らかにしないことを、わたしたちは自分自身の経験で補います。ですから、よい物語は読み手によって異なった読み取り方をされるのです。書かれた文字がどのように読み手へ届くかはっきりしないため、独裁者は書物をとても恐れ、焚書《ふんしょ》にすることもあります。文字は読み手を変えるほどの強烈な力になりうるのです。モラルが失われた悲惨な時代にはとくに」

リオはヤニスの手からフォイヒトヴァンガーの本を取った。「これはナチスによって焚書にされた本です。悪が文字をどれだけ恐れているかわかるというものです」

リオはその本を丁寧に書架に戻した。

「ただし」リオはためらいがちに言った。「書物はたいへん危険な存在でもあります。読書の楽しみが悪用されることがあります。ナチスの国民啓蒙宣伝大臣ヨーゼフ・ゲッベルスがいい例です。ゲッベルスはつねに、映像の中でドイツ兵ができる限り左から右へ行進するように指示していました。なぜかわかります？」

「さあ」

「画面上を左から右へ移動するとき、それは先へ進むように見えるのです。右から左へ進むと、戻るように見えます。ドイツ兵が撤退しているように見えてはならなかったのです」

「でもぼくたちの読書の楽しみとどういう関係があるのですか？」

「映像の中で左から右へ移動することが、先へ進むように見えるのと同じで、わたしたちの横文字文化では、左から右へ読むことが習慣ではないですか。文章は左から右へ流れ、進軍する兵士もそうするのです。ただし一行ごとにわたしたちの目は右から左へ移動します。感覚的には戻るわけです」

ヤニスはなにも言わなかった。この世の悪しき者がそんなに抜け目ないとは。書物のような魅力的なものが悪用されているかと思うと切なくなった。

ヤニスの視線がずらっと並ぶ書物の背表紙を辿った。リオの話はじつにおもしろい。しかし売り物を抱えている店の主人らしくない。本を愛しすぎて、手放すことができないのかもしれない。リオの店の不思議なところは、それが手を伸ばせばすぐ届くところにあるように思えるのに、届かないことにある。どうなっているのだろう。

それになぜ他に客がいないのだろう。あんなにいる読書に飢えた人たちはどこへ行ったんだ？　ぼろぼろの揺籃期本《インキュナビュラ》を取り憑かれたようにめくるコレクターは？　新たな試練を求めて書架を覗いてまわる豪傑や無鉄砲な者や向こう見ずな奴らは？

ヤニスの視線がショーウィンドウに注がれ、いったん扉の方へ向かい、またショーウィンドウに戻った。目を凝らす。山積みの本とくすんだ窓ガラスの向こうに大きな影が浮かんだ。何者かが外から店内をうかがっている。ヤニスは胃のあたりにもやもやした感じを覚えた。だれかがショーウィンドウを覗いていても、ふつうならなんの変哲もないことだ。だがリオの店にはひとりも客がいないし、路地に入ったときも、人影を一切見なかった。外の人影はじっとたたずんでいる。なにか背中にかついでいるように見える。そのときさっと動いたかと思うと、その人影はもう消えていた。

「書物のもっと危険なところはもちろんその中身です」

ヤニスはリオの声に気づいた。リオが書架から一冊の本を抜いて戻ってきた。うやうやしく、というかおそるおそる両手でその本を持っている。表紙は革を張った古い板でできていた。ヤニスは突然、そこからにじみ出てくるいかがわしいささやき声を聞いたような気がした。リオがその本を持って傍らを通りすぎると、ロウソクが怯えたようにゆらめいた。

リオは表紙を開いて、その本をヤニスに差しだした。恐ろしげな角張った書体で「マレウス・マレフィカルム」と印刷され、さらにラテン語の文章がつづられていた。

「『魔女への鉄槌』」リオはささやいた。「吐き気のする本です。魔女の見分け方と魔女裁判の手順を記した指導書で、この本が中世ヨーロッパに魔女の火あぶりを広めたと言ったら言いすぎかもしれませんが、学術書の顔をして考えられないことを主張し、異端審問官に規準を与えました」

ヤニスはその本のことを耳にしたことがあった。気がすすまなかったが、手を伸ばし、古い頁をめくってみた。段落がほとんどなく、文章がびっしりと書き込まれ、圧迫感に充ち満ちていた。『魔女への鉄槌』という意味のその本は一四八六年に出版された。印刷技術がまだ発明されたばかりの頃で、高い値がついていた。段落をつけず、章の切れ目で改頁がされないのは、紙を節約するためだ。

「著者はドミニコ会士ハインリヒ・クラーマー」リオは説明した。「ラテン語で書かれたのは、ヨーロッパじゅうの学者に読めるようにするためで、女を火あぶりにする根拠として、いたるところで援用されました。初期の版はわずか数点しか現存していません。本当にひどいのはなんだと思います？」

「さあ」

「使った跡がたくさん残っていることです。この本がさかんに援用され、道具として使われた証です」

「人間がそんな悪魔の所業と言えるものを書くとは」

「この著者が辱めを受けたことが原因です」

「ひとりのドミニコ会士が辱めを受けたせいで、何千人もの女性が火あぶりに処されたのですか？」

「ええ、おそらく。クラーマーはラーベンスブルクとインスブルックで魔女の火あぶりを指揮していました。ところが当時の司教が、合法性がないと判断したんです。インスブルックで妖術を使ったかどで七人の女性を火あぶりにしようとしていたクラーマーは、司教に邪魔され、しかも狂信者という烙印を押されて町から追放されたのです」

リオはすこし間を置いてから話をつづけた。

「死ぬほど悔しい思いをしたクラーマーは閉じこもり、司教に対して声明文を書き、それを元に『魔女への鉄槌』をまとめたのです。総頁数二百五十六頁の世界。そこでは魔女がいて、作物に被害をもたらし、悪天候や病気の元凶になります。女たちは悪霊と情を通じ、動物に変身することもできます。魔女が洗礼前の子どもを殺して香油を作り、それをほうきに塗って空を飛ぶ世界でもあります。クラーマーはこの書を数カ月で書き殴りました。論理的に破綻したところだらけで、馬鹿げた結論に溢れています」

「ずいぶん貶《けな》しますね。もっと注意深く書くべきだったと言うのですか？」

「やめてください。とんでもない。そういうことを言いたいわけではないのです。でも本がとても危険な場合もあることはわかっていただけますね。だれの目にも嘘と映ることでも、ひとたび印刷されると、広く読まれる機会が与えられてしまうのです。クラーマーは、魔女が本性を隠すために信仰が篤《あつ》いふりをすると言っています。あるいは聖書にロトの妻が塩の柱になった逸話があるけれど、それは魔法で男から男性器を奪うよりもはるかに難しいことだとも書いています。だから男に魔法をかけて男性器を感じなくさせ、不能にすることくらい、魔女にかかれば朝飯前だというのです」

「ひどいですね」

「本当にひどいのは、それが効果的だったことです。とにかく性に関するデマとか、魔法で取られた男性器とか、魔女とされる女性と悪魔の性交とか、そういうことばかり書かれていて、多くの研究者は著者が修道士で独身だったことと関係があるのではないかと指摘しているほどです。でもはっきりしていることはひとつ。いま手にしているこの本は、個人的な感情と、辱めを受けたひとりの男の復讐心から生まれたものなのです。それなのにヨーロッパに起きた魔女狩りに多大な影響を与えました」

「本がそのような力を持ちうるとは」

「この本の最後の言葉がなにか知っていますか?」

ヤニスは最後の頁まで本をめくった。最後の言葉は「アーメン」だった。

アテネ

帰宅する途中、といっても、そこがまだ自分の家だったらの話だが、ヤニスはいつもの袋を提げていた。古い高机から贈り物を取り、店から出ようとしたとき、「まだ開けてはだめです。まだその時ではないから」とリオに言われた。

本を読むのにしかるべき時が必要だったりするのだろうか。一月と六月では受ける印象がちがうということだろうか。たしかに『ドクトル・ジバゴ』や『我が足を信じて　極寒のシベリアを脱出、故国に生還した男の物語』を読むのは冬であるべきで、T・C・ボイルのアフリカ小説『ウォーターミュージック』にお誂《あつら》え向きなのは暑い夏だ。

ヤニスは、本を読むときに話の筋に合う場所を選ぶことがよくある。登場人物の女性がカフェにいれば、ヤニスもその章を読むためにカフェに入ることがある。『オリエント急行殺人事件』は列車の中で堪能した。『ごきげんなライオン』は動物園のライオンの檻の前で読んだし、『白鯨』は浜辺に携えていった。そうやってレストランや、騒々しい十字路や、教会の中、死体安置所の前、植物園、待合室、墓地、砂丘、灯台、城の庭、港、薄暗い安酒場など物語にぴったりな環境を選んで何時間も過ごした経験がある。

しかしぴったりの場所だけでなく、相応しい時期まであるとは思いもよらなかった。夕陽が歩道に影を投げかけている。遠くで教会の鐘が鳴った。神を信じる人の心の音もかくやと思える穏やかで規則正しい音だ。雲が二つ三つ重なって、空に浮かぶ彼方の城に見える。仕事を終えた人たちがカフェやレストランの前で語らっている。梢では小鳥たちがそよ風に揺られている。古代ギリシア文学で雄弁と歌の象徴とされた蝉が絶え間なく鳴いている。いい感じだ。

「マッチはいかが?」いきなりかわいらしい声がした。ヤニスは立ち止まった。街角に金髪の少女が裸足で立っていた。

「靴はどうしたの?」ヤニスはたずねた。妙な気がする。裸足の少女に出会うのはこれでふたり目だ。

「なくしちゃったの。車にひかれそうになったとき」少女は言った。「片方をそのときなくして、もう片方は男の子に取られちゃった。その男の子、子どもができたら揺りかごにちょうどいいと言っていたわ」

「自分の靴なのに、どうしてそんなに簡単に脱げてしまったんだい?」

「お母さんの室内履きだったの。あたしには大きすぎて。でもお父さんとお母さんには、新しい靴を買うお金がないの。だからマッチを売っているのよ。はい、どうぞ！」

少女はヤニスをうかがいながらマッチ箱を差しだした。

「魔法のマッチなのよ」

ヤニスはマッチ箱を取って、少女に硬貨を数枚渡した。

「魔法のマッチとはね！　なにができるの？」

「壁の向こうが見えるようになるわ。壁でマッチをするの。マッチの光で分厚い壁に道がひらけるのよ」

「そんなことをしてはいけないんじゃないかな」そうたずねて、ヤニスは笑みをこぼした。

「いいえ、お伽噺ですもの」そう答えると、少女はいたずらっぽく微笑んだ。

「じゃあ、一度試してみるよ」

「ええ、物事の裏を見るのも悪くないわよ」

「そのとおりだね」

「ごきげんよう。それと、アーサーという人にはくれぐれも気をつけてね」そう言って、少女は駆け去った。

アテネ

三日。リオの不思議な魅力に耐えた日数だ。リオの店へ行かず、できるだけ彼女のことを考えないようにした。八百屋で買い物をし、精肉店でラム肉を買い求め、コリアンダーとコロハとニンニクとチョウジとシナモンのペーストに一晩漬けて、明日、タマネギといっしょに焼いて、それからヨーグルトとトマトを加えて柔らかくなるまで蒸し煮するつもりだ。

時間を潰すため（そしてリオのことを考えないようにするため）、牛乳配達人のところに立ち寄って、アテネの政治についてひとしきり話をした。外の世界は広いのだから、ギリシアのような目立たない国に多少の醜聞があってもいいではないか。ギリシアはもともと無数の神話の揺りかごだったのだから目をつぶってもらいたいものだ、と。ティーターン、キュクロープス、神々、ニュンペー、火を吹くキマイラ、ケンタウロス、髪の毛の代わりに生きている蛇が頭に生えている女たち、セイレーン、ハルピュイア、歴戦の勇者とよりどりみどりだ。ギリシアは功績を認められてしかるべきだ。ホメロスが『イーリアス』と『オデュッセイア』という不朽の名作に詩と真実を注ぎ込んでからおよそ三千年が経つ。だがいまなお、虚と実を分けようとする歴史家の頭を悩ましつづけている。

三日が経ったとき、ヤニスは海辺へ足を向けた。口のきけない少女にまた会いたいと思ったのだ。二、三時間、砂浜にすわり、太陽が海に沈み、消え入るのをうっとり眺めた。少女の姿は影も形もなかった。少女がいた痕跡も消えていた。ヤニスはちくっと胸に痛みを覚えた。それにしても包装された謎の本といい、魔法のマッチといい、不思議な書店といい、妙な贈り物がつづく。

ヤニスは砂浜から立ち上がると、リオのところへ向かった。入口の扉の前まで来ると、心を落ちつかせるため一瞬立ち止まった。銀のノブをつかもうとすると、今度もゆっくりと扉が内側に開いた。ヤニスは扉を見据えた。ノブに触れた覚えがない。なにもしないのに開いたのだ。自分の人生が一瞬静止したかのような気がした。

「〈人生には時の流れがゆるやかになる瞬間があります。まるで進むのをためらったり、方向を転じたりしようとするかのように〉」リオは店の中から声を発した。

ヤニスは意を決してリオの世界に足を踏み入れた。背後でふたたび扉が閉まった。リオは書架の傍らに立ち、肘を棚にあてて、薄い本をひらひらさせていた。「ローベルト・ムージルはそうやって連作『三人の女』をはじめています」リオは相好を崩した。

「物語は始まりがよくないといけませんからね」そう答えると、ヤニスはリオとはじめて出会ったときのことを思い返した。

「そうかもしれませんね」リオは言った。「でも本当によい始まりは、物語が始まることを気づかせない始め方かもしれない。その物語が限られた時間に起こる一度限りの出来事ではなく、あっけなくは終わらず、その先もずっとつづくように思わせられますから。これはまぎれもない長所と言えます。これを見てください！」リオは持っていた本を棚に戻すと、別の本を抜きとった。「〈小説には始めも終わりもない〉グレアム・グリーンはそうやって書きだしています。題名が『情事の終り』というのですから面食らいますけど」

ヤニスは笑みを浮かべた。

「物語が時間から解き放たれたらどうですか。物語が軽々と時を超えられたら。百年前に生まれた物語が今でも生きていて、なんらかの結果をもたらすとしたら。たしかにぼくたちは今もその物語を語り、そこからなにかを得ます。まるでそれが今まさに起こっていることであるかのように」

リオは水を得た魚のようだ。今日は黒髪をポニーテールにしている。だが髪の毛が数本ほつれて目にかかっていた。

「このところ本の冒頭ばかり読んでいるのです。大きな図書館を訪ねて、どうやって時間を過ごしたらいいかわからないときは、書架から何冊か本をだして、作家たちがどうやって書きはじめているか見比べるといいですよ」リオはいたずらっぽく目配せをした。「通読しないで世界文学にそれなりの見識を持つにはとてもいいやり方です」

ヤニスは顔をほころばせた。

「それは邪道ではないでしょうか」

「どうでしょうね。世界文学は読みごたえがありますから、だれでも渉猟できるというものではありません。そこにあることが大事なのです。精読した人がほとんどいなくても、話題に上りつづければいいのです。そうすれば、満遍なく読まれることがなくても、核心の思想は影響を与えつづけますから。『ロミオとジュリエット』を本当に読んだ人はそう多くないでしょうが、それでも誠の愛はいかなる困難も乗り越えられる、とだれもが知っています」

リオは別の本を手に取って開いた。「それに物語の冒頭はおもしろいです。これはジェイムズ・ジョイス。一気に本題に入るのが好きですね。〈今度ばかりはいけない、三度目の卒中だった〉は『姉妹』（『ダブリン市民』所収）の冒頭です。ジョイスは物語に単刀直入に飛び込むことを好みました。まるで物語には始まりなどないかのようです。読者が読みはじめるときにはもうアクセル全開です。『恩寵』（『ダブリン市民』所収）は〈そのときトイレに居合わせたふたりの紳士が彼を抱きおこそうとしたが、どうにもならなかった〉。読者が読みだすとき事件が動きだすのではなく、すでに事件の真っ只中にいるのです。おそらく物語は一定の場所で時間を止め、一番の見せ場を見逃させないように読者を待っているのでしょう」リオは彼に微笑みかけた。

ヤニスはリオのいる書架に近づいて、本を一冊抜いた。ジャック・ロンドンの『海の狼』。ヤニスはその小説を開いて最初の一文を読んだ。「〈この話をどこから始めたらいいかよくわからない。いっそのことふざけ半分に、すべてチャーリー・フュルセスのせいにしてしまってもいいかもしれない〉」

「予告をすることで雰囲気を作っていますね」リオは言った。「いろいろ起こりそうだと感じます。待って」リオはすこし奥の書架からドイツの作家シュテン・ナドルニーの『生意気な神』をだして読んだ。「〈船は獲物を狙うがごとく清澄なる水面を渡った〉」

「悪くないですね」ヤニスはうなずいた。シリア出身のドイツ語作家で語り部のラフィク・シャミが書いた『正直な嘘つき』を見つけて、最初の文章を読んだ。「〈ぼくの名はサーディク。といっても、それすら定かではない〉」リオはうなずいた。「ラフィク・シャミ。イスラエルとパレスチナの和解に尽力している作家ですね。争いというのは原則として、同じ物語にふたつのバージョンがあって、ぶつかりあい、先へ進めない状態をいいます」

　リオは次の本を手に取った。

「〈全能なる女神はひとりひとりに特定の調べを分け与えた。カスパーはそれを聴き分けることができた〉これはデンマークの作家ペーター・ホゥ作『静かな娘』の冒頭です」

　ヤニスはそのあいだにアメリカの作家デイヴィッド・グターソンの『ヒマラヤ杉に降る雪』を手にとった。

「〈被告人カズオ・ミヤモトは襟を正し、誇りを持って被告人席にすわっていた。掌はそっとテーブルにのせている。彼はこれが自分の裁判だと知りつつ、できる限り無関心を装っていた〉」

「なるほど」そう言って、リオはすこし首をかしげた。「始まりではない始まりの例ですね。被告人席という言葉から、すでに物語が進行中であることがわかります。これはどうですか。フランスの作家ブノワト・グルーの『愛の港』の冒頭です。〈彼の名をあげておいて、彼の妻に一切触れずにすませられるでしょうか?〉」

　日が沈んだ。店内を照らすのはロウソクの光だけだ。リオの目がいたずらっぽく輝いていた。ヤニスは、リオがなにか狙っていることに気づいた。

「冒頭の多くはそういうものでしょう。そこを読むなり、すでに多くのことを知っている気にさせてくれます。そういう始まりから想像力が物語を先取りするからです。でも読みつづけると、一章ごとに予想を裏切られ、すっかり勘違いしていたことにすこしずつ気づかされるものです」

リオは彼に微笑みかけた。

「ややもすると目に飛び込んでくるものを信じすぎるきらいがありますね。ちょうど最初の頁《ページ》を開くなり黒く印刷された文字に目がいってしまうように。そして余白にこそ本当のメッセージが隠されていることを見逃してしまうのです」

リオにはまだ言いたいことがあると感じて、ヤニスは黙って見つめた。

「たとえば」リオは話をつづけた。「よりによって書店で火がつくとは、という一文から書きはじめたとしましょう」

ヤニスはくらっとめまいがして、頭に血がのぼった。

「印刷されたものを信じすぎる人は、それですべてが語られていると思うかもしれません。でも実際は……」リオはすこし間を置いた。「その文章はミスリードを誘っているかもしれませんよね」

アテネ

だれよりも激しく鼓動が打っている。ヤニスの心臓だ。勝手に動き、自由に感じる人間の心臓は、まるで自立した小動物ででもあるかのようだ。すくなくともヤニスには、自分の心臓に干渉し、制御しようとすることなど無謀に思えた。むしろ人間は、心臓が世界を渡り歩くために活用している大きな移動用容器なのかもしれない。胸郭にしっかり守られながら脈打ち、気心の知れた他人の心臓を近くに感じると、鼓動は一気に激しくなる。

なにが起きているのか知りたくて外に出ようとしているのか、ヤニスの心臓があばら骨を激しく叩いた。だが外に出てみても、見えるのは自宅のソファに横たわり、天井を見つめているヤニスくらいのものだ。

リオはこのあいだ書架から一冊書物を取り、プレゼントしてくれた。『デイヴィッド・コパフィールド』。帰宅する途中、冒頭を読んでみた。「〈わたしがわが人生の主人公たりうるか、はたまた他のだれかがその座につくのか、それはこれからの頁《ページ》でおのずとわかるだろう〉」チャールズ・ディケンズは自分の小説をそうやって書きだしていた。

ヤニスは胸に片手を当てて、ばくばくいう心臓の鼓動を感じながら笑みを浮かべた。己の身に別の命を宿したときの妊婦の気持ちもこういう感じのはずだ。妊婦も一粒の種が目覚めるときの痙攣を感じる。ヤニスとリオはいったいなにをこの世に生み落とそうとしているのだろう。

心に深く潜り込み、心臓を見つけて早鐘を打たせる人には感謝しなければいけない。もちろん他人が入ってこられるように自分の心を開くこともありがたく思わねばならないだろう。

ヤニスは新しい命で体が満たされるのを感じていた。自分の精神に新たな力がみなぎっている。リオと自分をつなぐこの不思議な力が危機に瀕したときは命がけで守る覚悟をしていた。騎士道物語に姫君がつきものである理由がようやく理解できた。実際に必要なのは、竜退治をする腕力ではなく情熱の力だからだ。

リオはヤニスのことをほんのすこしだけ騎士に変えたということだ。力がみなぎり、新しいミッションを得て、防具も万全、この世の汚れを跡形もなく跳ね返せるだろう。むろん人生は今後も日々の汚濁を投げつけてくるだろう。だがこれからは、小さな泥を投げられてもしみひとつつかない太陽のように、痛くもかゆくもない自分になれる、とヤニスは思った。

ヤニスは横たわり、天井を見据えながら、もうじき人生ががらっと変わり、別の人間に生まれ変わるだろうと思った。それしか頭になかった。ささやかだが、豊穣の角（ギリシア神話に出てくる伝説の角で、豊かさの象徴）のように豊かだ。しかるべき時が来たら、その豊穣の角によっていろいろなものがヤニスに降りそそぐことだろう。斬新な物の見方、新しい感応力、新奇な心持ち、物を見抜く新たな力、研ぎすまされた知覚能力、集中しているという新たな感覚。といってもその有効範囲がどこまであるのかまだまったくわからない。

「情熱」ヤニスは思った。「情熱を持つのはいいことだ」

昔から世界を変えるのは情熱ではなかったか。独裁者に引導を渡せるのは、不正を見て見ぬふりをせず、情熱を持って闘った人々じゃないか。人は正しいことをしたいという熱い思いから命を賭《と》すこともあった。魔女狩りやユダヤ人迫害に反対したのも、正義や啓蒙のため、つまり正しいことをしているという思いのために自分の存在を賭けられるのも、情熱あってのことだ。情熱さえあればなんでもできる。大学でビラをまくことだって、地球は宇宙の中心ではないと公言することだって。

本を見ても感動の炎が心に燃え上がらない人のいる昨今、ますます重要になっていることがある。書物がただの物ではなく、正義のために闘う武器だと気づくこと、そしてこの世を正しい方向へ導き、みんなの人生を物語で満たすのが作家の情熱であったと思いだすことだ。ヤニスはフランスの作家エミール・ゾラのことを考えた。ゾラはユダヤ人だったフランス軍将校アルフレド・ドレフュスに対する不当判決に抗議して「我弾劾す」と題する公開質問状を発表し、その罪を問われてイギリスに亡命した。だがその公開質問状は物議を醸し、仏領ギアナのディアブル島で終身城塞禁錮の憂き目に遭うところだったドレフュスを救った。その後、ドレフュスは無罪放免になったが、この事件は、社会問題、政治問題として長年議論され、政治と宗教を厳格に分離する法律が生まれるきっかけになった。

当時の反ユダヤ主義の風潮に対して新聞でさかんに異を唱えたゾラは膨大な数の脅迫を受けた。そのうえ盲目的な反ユダヤ主義者の煙突掃除夫が、煙突を石膏でふさいでゾラの命を奪ったという説まである。事実、あの偉大な小説家は一酸化炭素中毒で死亡した。一方、名誉を回復したドレフュスはパリにある偉人を祀る霊廟《パンテオン》にゾラの亡骸を埋葬する葬列に参加していた際、極右のジャーナリストによって銃撃された。

実際、多くの作家がその情熱ゆえに命を落としている。だがその胸中には、炎が燃えたぎっていた。力強く燃える、消えることのない炎。それがいま、ヤニスの心に燃え移ったのだ。

アテネ旧市街

「お久しぶり」店に入ってきたヤニスを見て、リオが言った。といっても、最後に訪ねてからまだ一日しか経っていない。だが時間の配分がすこし混乱する瞬間がある。起こったばかりのことが、突然はるか昔のことのように思えることがあるのだ。すくなくとも前に立つリオを見たとき、ヤニスにはそう思えた。もちろんリオにもそう感じてほしいと強く望んだが、願望が現実《リアリティ》になるかどうか。頭の中でできあがる物語がつねに実現するとは限らない。

「頭の中でできあがる物語がつねに実現するとは限りません」その瞬間、リオがそう言ったので、ヤニスはびっくりして見つめた。熱い感情の高まりが背中を駆けのぼり、心の奥底まで染みわたり、はじける波のように胸郭を打った。ヤニスはしばらく絶句した。そしてそのあともうまく言葉が出なかった。

「どうやって……」

それだけいうと、声も心も役に立たなくなった。言葉を最後まで話したり、考えたりするのを邪魔する謎のバリケードでもあるかのようだ。リオはそのバリケードのことを知っているらしく、にっこりしながらヤニスを見た。その目には、ヤニスが質問を完全に口にしてすべてを台無しにすることを恐れている様子など微塵もなかった。ヤニスが言葉を完成させられないのは当然だと思っているようだ。

魔法のような一瞬の静寂が過ぎると、リオは軽くうなずいて、書架の手の届くところに置いてあった一冊の薄い本に手を伸ばした。どうやらヤニスが訪れるのを待っていたようだ。

「でも詩と真実には不思議なつながりがあります。実の世界が文学に影響を与えることはよくあります。そのとき書物は作家のいる社会と時代の鏡になるのです。『アンナ・カレーニナ』を通読する必要はありませんが、これがトルストイの作品であり、スウェーデンの家具の名前でないことくらいは知っていて損はないでしょう。大切なのは現実を永遠の物語に変えることによってその現実を書き残した作家がいたということです。『アンナ・カレーニナ』は小説ですが、トルストイが生きていた当時のロシア社会についてたくさんのことを明らかにしています。その点からすれば、こういう類の小説はただの文学ではなく、むしろ実の世界のつづきなのです」リオはすこし間を置いてから手に取っていた本を開いた。「あなたにもうひとつ教えたい冒頭部分があります」リオは静かに言った。「とても悲しい内容ですが、とても重要なドイツの小説です。〈骸骨五〇九号はゆっくり頭を上げて、目を開けた〉エーリッヒ・マリア・レマルクの『生命の火花』の冒頭の一節です」

ヤニスはその小説をすでに読んでいた。目撃証言や裁判記録を元にしてドイツの強制収容所の生活を描いたものだ。「その骸骨は怪物ではない。飢え死に寸前の人間でした」そう言って、ヤニスはうなずいた。

「これはたぶん、小説がわたしたちに向けた最大の挑発でしょう。怪物の裏側を探れというのです。実人生でも人から怪物呼ばわりされる人がいますが、本当に怪物なのでしょうか？それならユダヤ人は？　魔女は？　多くの小説は無茶をして、読み手の判断力にかなりの要求をします。怪物ではない怪物を登場させるという危険まで冒して」

「といいますと？」

「『ノートルダム・ド・パリ』のカジモド。あるいは『フランケンシュタイン』の怪物。『美女と野獣』の中の野獣。こうした物語に登場する怪物はもともと人間でした。人間を怪物にすることで、人はその人間を追放し、嫌悪し、苦しめます。おぞましい嘘を並べたてて、社会的に相容れない怪物を生みだすのです。でも、わたしたちが怪物だと嫌っている者がじつは怪物ではないことを、小説は見せることができるのです。そしてわたしたちの意識を本当の怪物へ向けさせることが可能なのです」

「だから独裁者は書物の売買に口をだしたがるのですね」ヤニスは言った。「そして社会が民主的で自由な基盤のもとにないときに、うんざりするほどの検閲がおこなわれる理由もそこにあるのですね」

「実は虚を恐れるのです」リオはささやいた。「なぜなら文学はしばしば、わたしたちが目にしているものよりもはるかに現実的だからです」

アテネ

この世はすばらしい。

だがもしかしたらヤニスがそう感じているだけかもしれない。なにかが人の心を満たすときは、不思議なことにいつも突如として周囲が華やぐ。まるで個人の意識と現実のあいだに隠れたつながりがあるかのようだ。

公園を歩いていると、ヤニスは梢が自分の方へお辞儀しているような錯覚を味わった。じつをいうと樹木は地の底を掘り進む生き物で、そのうち地球の裏側を突き破って、新たな光を浴びて仰天するかもしれないなどと考えてみた。よく見れば、カシの老樹は樹皮に人間の顔を隠していないだろうか？　針葉樹が風にそよぐさまは緑色のぼさぼさの髪に見えないだろうか？　ブナの枝は見知らぬまばゆい光をつかもうと腕を天に伸ばしているようじゃないか。

物語が添えられた瞬間、自然の事物は強烈な輝きを放ち、生き生きとしてくる。

だがリオの店に着くと、入口の扉がひとりでに開くのか、自分が開けているのか、はたしてどちらなのか気になって仕方がなくなった。そして現実がまたしても、手の届くところにあると思った答えを奪い去った。

「いま行きます」書架の迷宮のどこかからリオの声が聞こえた。ヤニスを見る前に、来たことに気づいたようだ。

今日の店内は気が張りつめていた。これからここで大変なことが起こるとささやきかけてくる。馬車が辺鄙な街道で壊れ、夜の帳《とばり》が降りる頃、町から遠く離れた怪しげな古城の門に辿りつき、広間でおずおずと人を呼んでみると、こだまが反響して死者を眠りから起こしそうなほどの耳をつんざく咆吼に膨れあがる、とそんなところか。とにかく近い将来なにかが起きそうだ。

店の外でかすかに鴉の鳴き声がした。ヤニスはびくっとした。大鴉だろうか。ヤニスは大鴉を題材にしたエドガー・アラン・ポーの詩のことを思った。

「荒れ狂った人狼の群れに追い回されてきたような顔つきですね」書架の奥から出てきたリオが言った。一冊の本を手にしている。

ヤニスは彼女に微笑みかけた。それに答える必要はない。リオを見るなり不吉な予感は雲散霧消した。

「実の世界に影響を与えた本です」リオは重要な証拠物件ででもあるかのようにその本をひらひらさせた。「人生の意味や複雑な方程式について書かれた難解な専門書、あるいはブラックホールとかそういう理論をめぐる読みごたえのある著作だと思うでしょう」

「でもちがうんですね」

「ええ。それでも、この本が世界を変えたと言っても過言ではありません。わたしたちの意識を変えたのですから。はい、どうぞ」

ヤニスはその謎の本をうやうやしく受け取り、表を返して題名を読んだ。それからびっくりして顔を上げた。からかっているのだろうか。

「だけど、子どもの本ですよ」

「いけませんか？　物語を欲し、この世を豊かにしているのはまさに子どもたちではないですか」

「だけどこれは『アンクル・トムの小屋』ですよ」

「アメリカの黒人奴隷について書かれたこの物語は、はじめ新聞に連載されて、大きな反響を呼びました。それから爆弾さながらの衝撃を与えたのです。初版五千部は二日で売り切れ、一年後アメリカでの販売部数は三十万部に達し、イギリスでは百万部を超えたと言われています。文学雑誌『ザ・リテラリー・ワールド』は一八五二年、人類がこれまで本を見たことがなかったかのような衝撃的な出来事だったと評しています。トルストイも感動したと言っています。いまでは四十カ国語に訳され、聖書の販売にも拍車をかけました。この物語には宗教的な内容が含まれていましたから」

「奴隷制についての物語」

「それだけではありません。作者のハリエット・ビーチャー＝ストウ夫人はこの本で世界をほんのすこしだけよくしたのです。知識人による言論以上に、奴隷制の議論に有効に働いたのです。出版されてすぐ、何カ国語かに翻訳されて、奴隷制についての問題意識が世界中に広がりました」

ヤニスは、心の中でなにかが動くのを感じた。リオの言うとおりだ。みんながこの本を読んだにちがいない。本が世界に影響を及ぼしたのだ。

「ストウ夫人は自分がめざしたことはこうだと言っています。〈画家が絵を描くように書くのです。絵にはかないませんから〉。夫人はそれを実践して大成功を収めたのです。はじめてヨーロッパを訪れたとき、貴族やイギリス女王から歓迎されました。通りにはストウ夫人の姿を一目見ようと数十万人の人々がつめかけたそうです」

リオはすこし間を置いて、ヤニスの目を食い入るように見つめた。「一冊の本。わかりますか。たった一冊の本だったのです。当時のアメリカではまだ女性が職業を持てなかったため、出版契約書には、夫が代わりに署名しました。そういう立場の女性によって書かれたのです。女性が職業を持てるようになったのは、南北戦争が終結したあとのことです。リンカーン大統領はストウ夫人に会ったとき、こう話しかけたと言われています。〈あなたのような小さなご婦人が、このような大きな戦争を引き起こしたのですね〉。でもこれは伝説だと思います。リンカーン大統領はもっと賢い人だったはずですから」

リオはいたずらっぽく目配せをした。

「子どもの本が現実を変えたんですね」ヤニスは納得した。

「狼のことを考えてみてください。アルプスの北では評判がすこぶる悪いですが、南ではずっとましな扱いを受けています。なぜだと思いますか？」

「『赤ずきん』のせいでしょうか？」

「アルプスの北、とくにドイツでは、自然保護活動家が、野生の狼は危険ではないとさかんに啓蒙活動をしています。『赤ずきん』や『狼と七匹の子やぎ』といったお伽噺や無数の寓話が狼の評判を貶めました。赤ずきん症候群と呼ばれているものです。だからドイツでは狼が絶滅したのです。最後の狼たちは危険な猛獣のように狩られ、〝ダフェルトの恐怖〟とか〝ミルテンベルクの虎〟と名づけられました。最後の狼はザクセンで狩りたてられ、〝ザブロートの虎〟として一九〇四年二月、人間というもっと危険な猛獣に殺されたのです。尖った杭を埋め込んだ狼用の落とし穴。逆鈎《あぐ》つきの毒入りの囮《おとり》、狼猟用《おおかみりょうよう》に調教した猟犬や専用の猟銃。これではさしものイーゼグリム（中世ヨーロッパから伝わる動物叙事詩「ライネケ狐」に登場する狼）でもお手上げでしょう。あちらでもいまは狼が戻ってきていますが、まだ悪いイメージがつきまとっています」

　リオはすこし間を置いた。

「もちろん悪いのは『赤ずきん』だけではありません。南ヨーロッパでも、狼は一時期、猛獣だと思われていました。異端審問が狼を怪物扱いしたためです。ヘロドトスも人狼について書いていますし、人狼とみなされた人が裁判にかけられた時代もあります。ヨーロッパでは人狼とされた数千人が火あぶりになりました。本当の狼も弁護士をあてがわれて裁判を受け、絞首刑になりました。下火になったのは十八世紀に入ってからです。でも遅すぎました。四本足の危険な死神という俗信はその後も残ったのです。狩人たちも、こうした思い込みをほとんど正そうとはしませんでした。悪魔扱いしたことが狼を根絶やしにするためのお墨付きになったのです。そして獲物が危険に見えれば、それを狩った者の名も上がったわけで、狼は中世から伝わる狩人たちの自慢話の犠牲になりました。これもまた物語です。ある研究によると、狼の生息地域から離れるほど狼を恐がる傾向があると言います。なぜなら神話の方が狼との実体験よりも影響が大きいからです。わかりますか？『赤ずきん』のようなお伽噺がそれを助長するのです。ただし南の国、とくにイタリアでは、狼の扱いはもうすこし穏やかです。古代の天地創造神話によると、雌狼のおかげで誕生した町もあるくらいです」

「ローマですね」

「あなたに言いたかったのは、『アンクル・トムの小屋』のような虚の物語がなかったら、実の世界はいまとはちがったものになっていたということです」

アテネ

書物が沈黙している。

ヤニスは安楽椅子にすわったまま居並ぶ背表紙をしみじみと見た。沈黙が無関心を意味するとは限らない。ときには胸が張り裂けそうなほどの強い期待の表れであることもある。ため息をつきながら、ヤニスはかぶりを振った。このところ空想が蔦のようにいたるところにはびこっているようだ。書架に並べられ、呪縛されたように息をひそめる書物たち。ヤニスになにを期待しているのだろう。

それより、書物はヤニスになにをしてくれるだろう？　ヤニスは見放されている。なにか欠けていると感じていた。欠けているのは言葉だ。蔵書の中に充分に見つからないということではない。とにかくいまはなにか偉大なものを感じる。それを表すには、この世の言葉をすべて使っても足りないと感じていた。これが恋心、情熱？　それともなにか別の感情？　彼の心に、いったいなにが巣くったのだろう。偉大なものでも、彼の心のように小さなところに不思議と居場所が見つかるものなのかもしれない。といっても、それを捉えきれるほど大きな言葉があるだろうか。心にのしかかるこの重みを記述するために、ありとあらゆる言葉を頭に浮かべてみたが、一番肝心なことができなかった。そこに届かなかったのだ。

外ではそよ風が吹いている。風は、落ちかけた木の葉といった旅立ちを望むなにかを探しているようだ。そして開いた窓からヤニスの仕事部屋にささやきかけ、かすかな鳥の囀《さえず》りを運んできた。どこかで隣人が、開け放った窓辺でショパンを聴いている。窓の外の木がかさかさと音を立てている。世界は自分を表現するのに言葉を必要としない。

言葉とは厄介なものだ。作家が束になって、膨大な数の書物や物語や詩歌をこの世に生みだし、文章を綴ることで、単語の意味を膨らまし、言語の深みを測り、表現の可能性を広げてきた。文章を生みだすためだけに、どれだけの量のパピルスや紙が、どれだけの数の筆記用具とウィスキーボトルと夫婦仲が犠牲になったか知れない。古今東西の作家たちが爪を噛み、グラスを壁に投げつけ、腹立ち紛れにタイプライターから紙を引き抜き、ぐしゃぐしゃに丸め、大汗をかいて脱力し、無駄話に逃避し、まる一日費やした仕事の成果を瞬時にして放棄し、絶望して天井を見据え、罵声を張りあげ、多様な自分の存在を言葉で押さえつけるために精神の健康を危険にさらしてきた。絶えず爆発する巨大な現実の前に立たされたちっぽけな調教師といったところだ。彼の手には万年筆というささやかな武器しかない。それでも現実を捉え、言葉にすることに何度も成功してきた。

表現された言葉が絶えず揺らぐ粒子に喩えられるなら、森羅万象がそれに包まれ、地球は文章と文字と単語からなる大海原にたゆたっていることになるだろう。といっても内なる波の戯れに形を与える術がわからなければ、正しい言葉を探しても、失敗に終わる。頭は空っぽ。読書体験が一度もないかのように。そして宇宙を埋めてきた言葉の海は宝の持ち腐れとなる。

隣の家からショパンの音楽が聞こえなくなった。ヤニスは安楽椅子から腰を上げ、窓辺に立った。家の前で風にそよぐ木の葉は、窓辺に立つヤニスに、無数の人が手を振っているように見える。

表現できると思ったものの裏にきっとまだたくさんのものが隠れているのだろう、とヤニスは思った。芸術の真骨頂は、言葉にならないものをまなざしや行為や振る舞いでつかむところにある。たとえばリオが髪の毛を耳にかけるあの仕草。あのささいな身振りがヤニスの心に火をつけた。本当の情熱は、言葉に収めるにはあまりに大きすぎるのかもしれない。言葉には限界があるが、情熱に限りはない。

だが考えようによっては、情熱は書物に似ている。書物の本質もはっきりと言葉にできないところにあるからだ。物語は文字だけでは生みだせない。言葉を超えた感情をこめるために行間に頼る。書き手は情熱のエッセンスを黒い文字ではなく、行間の空白に置く。それをしっかり見届けようとする情熱を充分に持ちあわせた者によってのみそれは見いだされる。本に書き込まれた文章は本来の意味を張り巡らせるための骨格以外のなにものでもないとも言えるだろう。テキストはおそらく骨格で、物語の心臓はどこか別のところで鼓動しているのだ。

木の根もとで人の気配がする。ヤニスの視界に人影がよぎった。だが梢から視線をそらして下へ向けるあいだに、その人影は消えていた。

まだすべてが見えるわけではない、はるかに決定的で力のある存在を感じるのはこれがはじめてではない。世界が裏側から彼に近づこうとしていると感じるのも、いまに始まったことではない。もちろん生きているあいだ、わたしたちは見えるものを、目を通して心にとめおく。といっても目に見えるものがすべてとは限らないと感じることがある。わたしたちは把握できるものだけであっさり満足しすぎるきらいがある。隠れている事柄を見きわめるまなざしは、本物の情熱があってはじめて開かれるもの。それがわかるのは、そこまで行きつけた者だけなのだろう。

「紅茶?」リオはたずねた。ヤニスはうなずいて、安楽椅子に腰かけた。いい会話にはいい飲み物が相応しい。外が嵐のときに、ソファに寝転がっていい本を読む場合と同じだ。心を鎮める紅茶、刺激を与えてくれるウィスキー、赤ワイン、そうしたものに彩られると、文章の印象が強まる。だからヤニスは、そうした飲み物を「読書の滴」と呼んでいた。

リオは湯気をあげる紅茶を花形のカップに注いだ。リオがカップを差しだしたとき、彼女の指がヤニスに触れ、カップが一瞬ふたりの手のあいだに消えた。とても壊れやすいものをふたりの手でかばっているかのようだった。それからリオは指を離し、自分のティーカップがのっている古いテーブルに腰かけた。ティーカップからうっすらと湯気がのぼっていた。

「あなたはもうたくさんの扉を通り抜けましたね」そう言って、リオは笑みを浮かべた。花形のカップを手に取り、両手で包むようにして熱い紅茶にそっと息を吹きかけた。「扉を開けるのが好きなのでしょう?」

ヤニスは彼女をしみじみ見つめた。リオは笑みをたたえたままなにも言わなかった。紅茶を入れるときと同じようにその言葉が心に染み込み、ヤニスの心が動くのを待った。リオはそっと紅茶をすすった。立ちのぼる湯気を通して、彼女の黒い瞳がヤニスをじっと見つめた。しばらくしてヤニスが笑みを返した。

「扉は隠すものです」ヤニスは言った。「それが好奇心をそそる。扉はなにかを押し隠しつつ、背後にあるものを覗きたくなるように誘いかけてきます」

リオはヤニスの目をじっと見つめた。どうやらヤニスの考えていることがまだ望んだところまで届いていないと思っているようだ。だがヤニスは、リオがなにを言わんとしているかすでに気づいていた。宙にたゆたうものを味わうために、ヤニスも紅茶をすすった。

「すばらしい読書の滴です！」そう言って、ヤニスは花形のカップをしみじみと見た。しばらくのあいだ黄金色の紅茶に見入ってから、咳払いをして、湖と見紛うリオの瞳をまっすぐ見つめた。「ドアの扉はどこか本の表紙に似ていますね」そう言って、にやっとした。リオは満足してうなずいた。リオのことが好きなのは、こうやって心を刺激するからなのかもしれない、とヤニスは思った。

「本の頁《ページ》を表紙と裏表紙ではさむというのはすてきな発想じゃありませんか」リオは言った。

「扉のように開く本の蓋！　扉にもそういうところがありますものね」

ヤニスは、はじめてリオの店に足を踏み入れようとし、古い木の扉が開いたときのことを思いだした。それは表紙に似ているが、奇妙なことに外へではなく、内側へ開いた。まだなにか奥があると直感したが、そこまではわからなかった。

「開くというのは」リオは話をつづけた。「開陳を意味します。表紙を開くのは、なにか新しいことを探究するためです。新たな経験や体験や冒険。本を開けるために必要なのは「なにかを明らかにしたいという欲求ですね！」

リオはうなずいた。「物語はたいてい七頁目から始まることを知っていますか？」

「七頁目？」

「本文の始まる頁です。それは基本的に右側（欧米の本の場合。日本の本はその逆の左側となる）です。右頁は開くページにあたります。頁をめくるたびに、右頁が視界に入り、本文は七頁目から始まります。待ってて！」リオはカップを置くと、テーブルからすべり下り、書架から一冊の書物を取った。

リオがその本をそっとテーブルに置くと、ヤニスは安楽椅子にすわったまま腰を前にすべらせ、その本を覗き込んだ。

リオは表紙を開いた。「ここが一頁目。わかりますか？」

「白紙ですね」

「そういうことです。わくわくするでしょう？　雪のように白い。白紙。そしてその左側は表紙の裏側に貼りつけてあります。ここにも文章はありません。ところでこの部分は〈見返し〉と呼ばれます」リオは目配せをした。「本が読者を見返すからそう呼ばれるのかもしれませんね。なぜなら本を読み解く前の読者もまた、なにも書かれていない白紙ですから。でも空白の頁はわくわくさせます。いろいろと想像を膨らませますが、なにも知らず、空っぽの状態です。運よく読み手が純粋なら、これから始まる物語にわくわくするかもしれません」

リオは頁をめくった。

「最初にある表裏の空っぽの頁は〈空白の頁〉と呼ばれます。これは一種の通過儀礼です。表紙を開けても、まだ物語には入らず、まずは期待を呼び覚まし、好奇心をそそり、意識を研ぎすまし、現実をぬぐい去る空間に辿りつくのです。運河に閘門《こうもん》があるのと同じように」

リオは三頁目を指した。そこには題名、著者名、出版社名が記されていた。

「これが第二のドアです。そしてようやく物語が始まるのです。シルクハットから白兎《うさぎ》をだすと言っておいて、すぐにはださず、もう一度シルクハットをだしてから兎を披露する魔術師のようですね」

ヤニスは背筋がぞくぞくした。最近、脳裏に浮かべたことではないか。実の物語もシルクハットの中の兎と同じだったらどうだろう？

「この二つ目のドアは〈とびら〉と呼ばれます。〈とびら〉は基本的にその本を書いたのがだれで、どういう題名かを明らかにします。出版社名が記されることもあります。この紙はその本の来歴を記したものです。本が製本されて売られることが当たり前になる以前は仮とじの状態でした。買い手が本を製本したいときは製本家のところへ行き、注文したのです。もちろんお金があればの話ですが。そうでない場合のために〈とびら〉がつきました。一枚目の紙に文字は印刷されず、中の頁を損傷から守りました。それに初期の製本では表紙にはなにも記されませんでした。だから製本された本にも、なんという本かわかるように〈とびら〉が必要だったのです」

内側に隠れているものは上辺《うわべ》を見るだけでは読み取れないことが多そうだ、とヤニスは思った。どうやら他にもたくさんの物語が隠れているようだ。「物事の裏を見るのも悪くないわ」という裸足の少女の声が脳裏に蘇った。

「〈とびら〉の次にはしばしば〈題とびら〉があり、もう一度、題名、著者名、出版社名が記されます。それも〈とびら〉の文字よりもサイズの大きな文字で」リオの声でヤニスは我に返った。「さてここからが本題です！」

リオは紅茶をすすり、立ちのぼる湯気の向こうで彼女の目がきらりと光った。それから本を顎でしゃくった。

「空白の頁、題名、そしていまは義務づけられている刊記（日本の本の奥付にあたり、洋書ではとびら裏に印刷される）をまとめていわゆる〈前付〉となります。〈前付〉は新しい、思いがけない世界に入るための通過儀礼なのです」

話が大きくなってきた。

「それにこの〈前付〉には大きな物語を内に含んだ短い文が添えられることがあります。〈献辞〉です。待っていてください」

リオは一冊の本を抜いた。

「ジョン・アーヴィングの『ホテル・ニューハンプシャー』。どうでしょうね。ああ、ありました。〈妻シャイラに捧げる。妻の愛によって与えられた光明と空間から五作の長編小説が生まれた〉すてきでしょう？　物語の後ろに控えているのは、その物語を書いた作家だけではないのです。作家にその機会を与えた人もいます」

リオは無邪気に微笑み、次の小さな本をつかんだ。一九四三年にニューヨークで出版され、いまなお人気の衰えない本だ。アントワーヌ・ド・サン＝テグジュペリの『星の王子さま』。

「この物語の献辞はすこし長いです。でもそれなりの理由があります。ほらここ。〈レオン・ヴェルトに捧ぐ。わたしは子どもたちにあやまらなければならない。この本をひとりの大人に捧げてしまったからだ。それには歴とした理由がある。その大人はこの世で一番の親友なのだ。それから、その大人はなんでもわかる人で、子どもの本にも理解がある。三つ目の理由。その大人はフランスに暮らし、飢えと寒さに苦しんでいる。どうしても慰めが必要なんだ。これだけ理由を挙げてもだめなら、子どもだったときの彼に捧げよう。大人はみなかつて子どもだった（それを思いだせる大人はごくわずかだが）。だから捧げる言葉を書き直そう。少年だったころのレオン・ヴェルトに捧ぐ〉」

「いいですね。レオン・ヴェルトは実在の人物ですか？」

「実在していました。やはりフランスの作家。サン＝テグジュペリの親しい友だちです。ヴェルトは第一次世界大戦のときに従軍し、負傷しました。それがきっかけで徹底した平和主義者になり、戦争を起こそうとする輩、とくにナチを果敢に批判しました。第二次世界大戦のときフランスがドイツ軍に占領されると、パリから山中に逃亡しました。そのことを知っていると、『星の王子さま』のこの献辞も、もうすこし味わい深く読めるでしょう」

「たしかに」

リオはもう一冊、本を取って開いた。

「ジョン・スタインベックの『怒りの葡萄』。献辞はこうです。〈この本を望んだキャロルへ。この本を生きたトムへ〉」

リオはその小説を書架に戻し、「あなたにはもう一冊特別な例を見せたいですね」と言って、背表紙に視線をはわせた。「ああ、これこれ。ケン・キージーの『カッコーの巣の上で』。こんな献辞です。〈竜なんていないと言いながら、竜の巣を見せてくれたヴィク・ラヴェルに捧ぐ〉」

ヤニスははっとしてリオを見つめた。リオは本を閉じて彼の方を向いた。

「〝献ずる《ヴィトメン》〟という言葉の語源を知っていますか？」

「いいえ」

「〈朝の贈り物（結婚初夜に夫から妻へ贈り物をする風習のこと）を差しだす〉という意味なのです」

「詩的ですね」

「でしょう？　ヘシオドスやアルキメデスといった古典の作家も著作をだれかに献じています。十八世紀に至るまで、献辞はいまとはちがう意味を持っていました。書物は皇帝、貴族、司教といった財力と影響力を持った人に献じられていたのです。作家はまだ出版社から印税をもらっていませんでしたが、なんとかすこしでもお金を稼ごうとしたのです。多くの書物で冒頭に献呈状が付され、献じられた人はこれでもかという美辞麗句を贈られます。献じられた人は永遠に名を刻まれたことを名誉に感じ、寄付金で応えたのです。献辞はしだいに物乞いの書状と化し、やり方も巧妙になって、同じ本に異なる献辞が載せられる場合もありました。印刷の途中で、なんども献辞の原版を差し替えたのです。そうすれば献呈した複数の相手から金がもらえると期待したのでしょうね」

リオは書架に本を戻した。

「いまでは、作家はスポンサーになる好事家《こうずか》を必要としません。ですから献辞はずっと個人的なものになりました。これはいい機会となりました」

「いい機会?」

「わかりませんか? 人の一生も物語です。物語をだれかに捧げられるなんてすてきじゃありませんか」

アテネの市立公園

自分の人生をだれに捧げよう？

この問いの及ぶ影響の大きさに恐れをなして、ヤニスはずっと目をつむってきたようだ。意を決して目を開けてみて、ヤニスは市立公園の雪のように白い花崗岩でできた古いベンチにすわっていることに気づいた。リオに押しまくられていつのまにかここまで飛ばされてきたかのような気がする。公園で空に飛びたった鳥の群れや自分自身の内奥に辿りついた人々に囲まれているうちに、自分の存在を捧げることが、無視できない問題になったように思えた。地味な毛色の兎《うさぎ》が耳を倒し、意識の縁にちぢこまって、次の一歩を逡巡していた。

献辞は「朝の贈り物」に由来する、とリオは言っていた。とくにイスラーム文化圏で結婚初夜に夫から妻への「朝の贈り物」がなされた。この贈り物が己の人生であったとしてもおかしくないだろう。自分をだれかに捧げる者は人生を豊かにする（それはお互いにかもしれない）。それはなにかが一段落し、新たな始まりへとつづくことを意味する。

死んだばかりの人に対しては、人生を全うしたと讃えるが、あれはなぜだろう。人生を全うすることは物語の終わりではなく、始まりではないだろうか。ヤニスは太陽のまぶしさに目をしばたたきながら考えた。ぼくたちは今日、物語に終止符を打つ方があまりに多く、始めることがすくないのではないだろうか。物事を台無しにする一歩を踏み、物事が始まる前から終わらすための方法を見つけようとしていないだろうか。左右の道端で自分の人生の物語を黙殺された短編小説たちが死屍累々となっていないだろうか。置き去りにされた人々、命を与えられながら始まる前から人生を終えてしまった死産児のアンソロジー。

ヤニスの気持ちがふと近くのちっぽけなカフェに向いた。そこでいったい何種類の紅茶の銘柄を知ったことだろう。本当はそこで働くウェイトレスと知り合いになりたかったのに。夢の中でいったい何度、彼女に触れただろう。実際には気づかれもせずに。席について、いったい何時間、言葉にならない言葉をこっそり彼女に投げかけただろう。彼女の視線を感じて、いったい何回心臓を高鳴らせただろう。いったい何回、心の中で長髪のギター弾きに悪態をついたことだろう。そして愛に酔いしれる場面を実践するきっかけのないまま、いったい何度思い描いたことだろう。始まる前から、物語は終わっていたじゃないか。物語が助走したとしても、足を引っかけられ、結局ひっくり返ってなにもかも台無しにしてしまうのがおちだろうか。

「物語が時間から解き放たれたらどうでしょうね」

リオはそうたずねた。そこにチャンスがあった。物語が時間に束縛されなければ、いつでも始められるし、発展させられる。実際、物語が週初めの月曜日に縛られることなどあったためしがないし、痕跡を一切残さず消えることもない。その一方で、もし痕跡を残すなら、物語が動いたことを意味する。人が物語を自分のものにしなければ、その物語はどこか別のところへ去っていく。もし人生の道連れである物語を正しく読めなければ、おそらく再会することはないだろう。すぐそばにいる女性でも、次の瞬間には手の届かないところへ行ってしまうこともあるのだ。

アテネ郊外

その大柄の男は苔むした石にすわり、竪琴をつま弾き、旋律を静かに奏でていた。アテネの喧噪から遠く離れたこの地には、その男と男がこよなく愛する自然しかなかった。ここには人生を狭める石畳の道はない。だから名前のついた広場も存在しない。秒針に刻まれる人生の時間とも縁がなかった。上辺だけのものなど一切ない。なぜなら樹木の内側もやはり樹木だからだ。人間についてもはたしてそう言えるだろうか。ここには計画もない。なぜなら、自然は運を天に任せるのを好むからだ。だからどんな独創的な建築家よりもすぐれている。建築申請など必要ない。拡大のための拡大もない。老木に囲まれたここでは、成長という言葉が指すものがあくせくしたニュアンスをもつ都会とは決定的に異なる。ここには拡大も発展もなかった。

足元の草を感じたとき、男は突然、思いだした。人生は日数や年数で決まるものではない。人生の善し悪しは内容で決まる。長生きしたからといって、人生が豊かになるとは限らない。どれだけ深みがあるかも大切だ。余暇は無為に過ごすこととはきちがえず、人間を深くすることだと理解している者にとって、ここはお誂え向きの場所だ。自然の懐に抱かれるとき、その大柄の男には自分の本質が見える。

太陽の光が降りそそぎ、男の体を温めてくれた。そよ風が長い黒髪を吹き抜けた。男はよく髪を編むが、人と出会うことのめったにないこの地では髪をおろし、太古の息吹に吹かれるにまかせていた。風はこの世界が息をしていることの証だ。叢林《そうりん》に鳥が囀《さえず》っている。ところがひとたび男が古い竪琴の演奏にのめり込むと、鳥は静まり、旋律に耳を傾ける。周囲の樹木までが、楽の音が聞こえてくる方へ古い枝を向けているように見えた。足元の花や草も男の方へとなびく。まるで見えない櫛《くし》ですべての命が竪琴の方へとくしけずられるかのように。竪琴を長く奏でたら、すこし離れたところで草地の中を流れる小川でさえ、旋律に誘われて、流れの向きを変えてこちらへやってきそうだ。もうすこし長く弾けば、男が腰かけている石まで溶けてしまいそうだ。なんら意志もなく風にたなびくだけの白い雲でさえ、もしかしたら空から舞いおりてきて、音楽に心を向けるかもしれない。

人は自然に分け入るとき、自然に耳を傾けるが、その大柄の男の場合はその逆で、自然が男の演奏に酔いしれる。この男と、父から贈られたその楽器については語るべきことが多々ある。男の人生は挫折の連続だったが、竪琴の演奏だけは見事だった。

牛の腸で作られた古い弦を慎重につま弾く。大昔に亀甲で作られた共鳴胴がたおやかな調べを増幅する。ひとつひとつの音が宙に舞う小さな羽毛のようだ。男は静かな音を大事にしていた。現代では静かであることも悪くないからだ。喧噪に溢れかえった世界でなにかを目覚めさせようとするなら、囁《ささや》き声を選ぶべきだ。その方が騒音の中で浮きたつ。男の五本の指がそっと弦を弾く。周囲の自然が巨大な渦と化して竪琴の中に消えようとしているのを感じたとき、男は楽器から手を離した。花や草木が元の姿勢に戻った。

男は清々しい空気を吸って小川のせせらぎに耳を傾けた。小川はそれほど遠くないところにある岩場から湧き上がり、大地を探索するように流れていた。鳥たちは忘我の境地から目覚めるのにしばらくかかり、それからおそるおそる囀りだした。男は考え込みながら、ざわめく森の緑を見上げた。

樹木！　動きがあまりに緩慢であるため、樹木が生き物であり、地上の生命を維持していると理解するまで、人間は長い時間を要した。人間は自然を保護し、樹木を伐採したところにあらためて植樹するようになった。だが樹木は酸素だけでなく、他にも生命に大切なものを生みだしている。読書の素だ。人間がそのことに気づくことはめったにない。樹木はあらゆる類の書物の素になっている。その価値は計り知れない。

もちろんリオはそうした人間とはちがう。そうだ、リオ。だれよりも愛しい人。おそらく男が自然を愛し、リオ自身、自然の産物でもあるから、そういう感情が芽生えるのだろう。リオの賢そうな黒い瞳に見入ると、この世界に疑問を投げかける必要を失う。すべて納得がいく。リオが両手で背表紙をなで、ときどき本を抜きだして表紙を開き、テキストに埋没するのを見るたび、男は確信する。リオが存在する限り、この世はそうたやすく崩壊しない、と。

この宇宙に、リオほどたおやかな人がいるだろうか。あれほど柔和な存在が。男はリオのほっそりとした両手を脳裏に浮かべた。あの両手はなんと多くのものに触れてきたことだろう。悲惨なものを手探りしなければならなかったこともあるし、詩情豊かなものを愛撫したこともあった。それからリオの注意深いまなざし。これまで数知れぬ奈落を見てきたというのに、それでもどんなささやかな命の顫動《せんどう》も見逃さず、日々新しい物に目を光らせている。憤怒が泡立つ時代でも、リオは静かに甘受して微笑んできた。いつもリオは正しかった。怒りの泡はやがて小さくなり、太陽の光を通した。

もちろんリオの魔法はだれにも知られずにきたわけではない。いくばくかの者がその虜になった。そのとき男の出番になる。リオの身辺に目を配り、よくないことをリオから遠ざける。そうだ、男はリオを保護する者なのだ。男以外の何人もリオに近づいてはならない。リオの魔法に目がくらみ、常軌を逸する者がときおりあらわれる。情熱よりもはるかに大きな力、つまり欲望に負けることがある。そういうとき男は断固たる行動に出るほかなかった。男は物思いに耽りながら梢を見据え、竪琴の棹を指でなでた。リオと竪琴は男の人生にとってかけがえのないものだ。危険にさらされれば、身を賭して守る。そして他人の物語を自分の物語と偽る者があらわれると、男は身構えて、リオに注意を払う。

男はなにかよからぬことが起きつつあると気づいていた。何者かが計画を実行に移した。男にとって好ましくないことを目論《もくろ》んでいる。そろそろ介入する潮時だ。

ゆっくり腰を上げ、竪琴を広い背中にくくりつけると、男は長い髪の毛を革紐で結び、リオの店へ向かった。

アテネ旧市街

今日こそ彼女に打ち明けよう、とヤニスは思っていた。

絶対にやる。

たぶん。

様子をうかがいつつ。

ふたりを引き寄せるこのなんとも言えない力が恋心であるなら、愛の呪文が必要だ。思いのたけを口にして、呪文の効果を最大限に引きださなくては。それがよき呪文のお約束だ。リオが控え目に振る舞っているのはきっと呪われているからだ。目の前でしっかりした声ではっきりと愛が口にされなければ、リオはそれに応えられないのだ。もちろん愛の言葉は三回繰り返す必要がある。お伽噺は三回繰り返すことを好むからだ。けれどもその前に、リオには近づきがたい者という呪いがかかっている。試されるのはそれでも愛情が動じないかどうかだ。本当に大きな愛情なのかどうか。

お伽噺からすこし離れた言い方をすれば、女性は関心を向けさせるためにわざと反対の行動を取る傾向があるということだ。この世は不思議なことだらけだ。呪いなどなくても。ヤニスは今日、騎士か王子になるつもりだ。あるいはお伽噺で困難な試練に打ち勝つだれかに。そして今日、ヤニスが闘う相手は、臆病という名の呪いだ。しっかりとした足取りでリオに歩み寄り、「ぼくは恋に落ちたようだ」と打ち明け、あとは当たって砕けろだ。それがヤニスの練りに練った計画だった。湖の瞳を持つ女性を前にして即興はむりだと判断したら計画を立てることも悪くない。

とくに大事なのは、店に入ったあと、百発百中の矢のようにすぐリオに向かっていくことだ。そうだ、矢になるのだ。アモールの矢。自分でもブレーキがかけられないくらいしっかり勢いをつける。

ヤニスはリオの店の前で立ち止まり深呼吸した。いよいよ正念場だ。恋心が通じるなら、あと数分でヤニスは世界で二番目に幸福な人間になれるだろう（ちなみに最も幸福な人間はリオだと考えていた）。その一方で、女性の愛を一生得られない可能性もある。それどころか扉の向こうで女性が待ってくれているのに、肝心の鍵が見つからないことだってあるだろう。そうなったら、生きている影としてこの世を這い回り、ついには精神病院の静まりかえった廊下で自分の涙でできた海にのみ込まれるほかない。ヤニスの人生設計にはそういう壮絶な物語が含まれていた。だから店に足を踏み入れる前に、もう一度深呼吸した。

ロウソクの淡い光の中、足に根が生えたように立ちつくした。様子がおかしい。リオが見当たらなかった。放った矢は見事に的をはずした。ヤニスは勢いをそがれた。タイヤがパンクしたようなものだ。

「リオ?」ヤニスは声をかけてみた。

返事がない。

ゆっくりと店の奥に入ってみる。背後で扉が閉まった。恐ろしく静かだった。なんだかまったく別の場所にいるような気がする。違和感があり、妙にがらんとしている。期待に胸膨らむ感じも、構想も、着想も、想像力や霊感も湧いてこない空間だ。文学の命が本の外でも脈打ち、本から抜けだしたお伽噺が現実の世界に居場所を探し求めているかのような雰囲気に包まれていたのに。リオの店はただの書店になっていた。

「リオ?」もう一度呼んだ。

返事がない。

それ以上、名前を呼ぶ勇気がなかった。その人の家で名を呼びつづけると、ますます見つからなくなることを、ヤニスは多くの物語から知っていた。書架のあいだに入ってみた。リオはどこかに隠れているにちがいない。店の中のリオは、空を住み処とする鳥も同じだ。というより、リオは店の一部ではなく、店そのものだ。考えてみたら、店の外でリオと出会ったことがない。

薄暗がりで足がなにかを踏んだ。ヤニスは燃えかけのロウソクを見つけてぎょっとした。書架から落ちたのだろう。事件現場に残された証拠物件のように床に転がっている。二、三歩先には頁《ページ》が開かれた本が落ちていた。頁がくしゃくしゃになっていて、まるで衣服をずたずたに引き裂かれた死体のようだ。

リオが本にこんな仕打ちをするはずない。だれかが体ごとぶつかったらしく、書架が傾いている。きゃしゃなリオの体ではこうはならないだろう。書架は重苦しい雰囲気で屹立している。なにか知っているようだが、それを伝える術がないのだ。

ヤニスは息をひそめて、荒らされた跡を見た。他にも何冊もの本が棚から墜落死している。宙に漂っているのは文学の冒険ではなく、本当に危険な冒険の匂いだ。書物とは無関係の暴力沙汰。ワイングラス片手に竜と戦う冒険とはわけがちがう。狼の群れに出会ったとき、狼少年として無事でいられるか、虐殺されるかまったくわからない冒険。いつ終わるかもわからない冒険だ。

リオはどこだ?

ひどいどんでん返しと驚愕の事実で完全武装したひときわ卑劣な物語が本から抜けだして、リオを打ち負かしたのだろうか。

物音がした!　ヤニスは身をこわばらせた。ギギッとこすれる音。傷んだ入口の扉がそんな音をたてなかったか?　もしかしたら自分の膝関節が鳴っただけかもしれない。

ヤニスはさっと書架に身を隠して様子をうかがった。人影はないし、扉も閉まっていた。

ヤニスはしばし薄暗がりに目を凝らした。もちろんどんな危険な物語でも、たわいのないことで主人公が死ぬほど驚いたあとに本当の攻撃はやってくる。たとえば暗がりから猫が鳴きながら飛びだしたあととかに。

ヤニスはふたつの書架にはさまれた狭い通路に入った。その奥に壁掛けが下げてある。ヤニスは驚いて立ち止まった。古い木の床になにか落ちている。ゆっくりと壁掛けに近寄り、白っぽく見えるものにかがみ込んだ。

「これはなんだ?」ヤニスはかぶりを振り、そっと腕を伸ばした。

ヤニスの掌《たなごころ》と同じくらいの大きさだ。背中に大きな蝶の羽が生え、体は踊るような恰好のまま固まっている。妖精だ。その横に花形のティーカップが裏返した状態で置いてあった。

それはシルクペーパーで作った切り絵だった。縁がすこし黄ばんでいる。ヤニスは上着のポケットから札入れをだすと、その小さな妖精をたたんでしまった。それからまた立ち上がり、書架の小さな迷宮を丹念に調べた。

だがリオはどこにもいなかった。

アテネ旧市街

太陽が沈み、世界に謎がひとつ増えた。

ヤニスはリオの古い安楽椅子にすわって考えた。謎を解く方法はなんだろう。どうやって解いたらいいんだ。自分が小説の中の名探偵なら、電話番号が書き込まれたマッチ箱を見つける場面だ。それはいかがわしい奴の電話番号で、訪ねていろいろ聴きだし、さらなる手掛かりが得られる。

それならいいのだが、拾ったのは小さな切り紙の妖精だ。間抜けなことにだれも電話番号を書き込んでいない。

紙の妖精にどうして謎を解く手伝いができるだろう。

もちろん警察に通報する手がある。たとえばこんなふうに。「書店主のリオさんのことなんです。湖のような瞳の持ち主で、不思議なオーラを放っている方です。たくさんの書物をその書店に保管しています。でも売ってはいないようなんですが。そのリオさんがいなくなってしまったんです。店に漂っていた発見の精神と想像力の空気も消えてしまいました。でもこれを見てください。この小さな妖精を見つけました。リオさんの失踪と関係があるような気がするんです。店にある本も関係ありそうです。とにかくリオさんが旅に出るということはありえません。店を放りだすはずがないからです。まあ、その、ぼくのこともですが。それに店の床に、頁《ページ》がくしゃくしゃになった本が一冊落ちていたんです。まるで死体のようでした。きっとなにか大変なことが起きたんです。リオさんをすぐに捜索してください」

これでは、心神喪失していると告白するのも同じだ。

ヤニスは顔を上げた。そういえば物音がしたぞ。古い木の床がきしむ音だった。ヤニスは息をひそめたが、なにも聞こえなかった。

考えたら、リオのことをほとんど知らない。どんな人生で、どんな夢を抱き、なにに関心があるのかも知らない。彼女はどういう人なのだろう。どこから考えたらいいかわからない。深い絶望感に襲われた。控え目で、奥手で勇気のない彼に、お姫様を救う機会が訪れた。もしかしたら自分自身も救えるかもしれない。だがリオを掠《さら》っていった肝心の竜がどこのどいつかわからない。ひょっとしたらリオはもう死んでいるかもしれない。あるいは本を床に落とした拍子にうっかり本の中に入ってしまい、自分には関係のない物語の中をさまよっているとか。本がとても危険な場合もある、とリオは言っていた。

ヤニスに特別な魔法をかけた女性が消えた。魚のようにするっといなくなった。二度と会えないかもしれない。ぽつんと椅子にすわっているヤニスは、槍を持たない騎士、着想に恵まれない探偵だ。悍馬《かんば》を駆って竜の棲む洞窟へ赴くほかなさそうだ。

だが実際には安楽椅子にしょんぼりすわり込み、途方に暮れている。現実はつらい。

ヤニスの人生はリオで満たされている。その人格も考え方もすばらしいの一語に尽きる。だがその人が消え、ヤニスは怖じ気づき、手をこまねく役回りしか用意されていない世界にひとり取り残されたのだ。これからまたカフェにすわり、安全な片隅から夢想することになるだろう。消えはしないが、けっして手の届かないウェイトレスを相手にすることになるのだ。

ヤニスははっとした。みしっと音がしなかったか。息づかいも聞こえた気がする。

ああ、暗中模索だ。このままだと足をすくわれ、現実が見えなくなる。架空の話や荒唐無稽な話や奇想天外な運命に満ちた文学も同じだ。ヤニスは一刻も早くそういう手掛かりが欲しかった。電話番号が記されたマッチ箱でも、竜の棲む最寄りの洞窟に大きな赤いバツ印のついた地図でもいい。だがそんなものはなかった。

店の中をもう一度くまなく見てまわって、整然とメモを取るべきかもしれない。細大漏らさず分析し、さまざまな角度からしらみ潰しに観察し、頭をかいたり、あごをなでたりしながら頭を働かせる、それが名探偵のやり方だ。名探偵たちは安楽椅子で安穏としてはいない。床に這いつくばって、どんなささいな手掛かりでも見つけ、分析し、推論を立て、結論を導きだす。髪の毛一本でも見つければ、「ワトソン！」とか「ハンカチを早く！」と叫び、どうでもいいような毛を鉛筆ですくいあげて、「これが見えるか？　これがすべての謎を解く鍵だ」という。そのなんの変哲もない毛が突如雄弁になり、そのただの毛が捜査の赤い糸に一変する。そう、小説の登場人物なら、そういう調子でやれるのだが。

店内になにかいる！　そのなにかの気配をはっきり感じて、ヤニスはぎょっとした。安楽椅子からゆっくり立ち上がると、書架のあいだに揺れる不思議な影を見つめた。

「だれですか？」ヤニスはささやいた。

影は黙っていた。

なにかがそこに隠れている。

ヤニスは深呼吸して、立ち並ぶ書架の奥を覗き込んだ。じっと耳をすませば、聞こえるはずのない物音が耳に届くはずだ。竜のことを思い描くと、どこかで待ち伏せしているような気がしてくるのと同じだ。だがたいていは恐れるほどのことではない。コートを着たただの人かもしれないし、掃除婦かもしれない。掃除婦なら、どうしてそんなにじろじろ見るの、とにっこりしながらたずねるだろう。

もちろんリオを掠ったのが竜でないのは承知している。謎を解くのに槍など必要ないこともわかっていた。役に立つとしたらもっとちがう武器だ。精神という武器。急に元気がでてきた。頭の中の冒険の方が、切った張ったの大立ち回りよりも得意だ。鋭利な剣よりも鋭い感性が売りの英雄なのだ。

「ここでなにをしているのだ?」凄みのある低い声が背後から聞こえた。

ヤニスははっとして振り返った。安楽椅子の背後に真っ黒な長い髪を後ろで束ねた大柄の男が立っていた。肩からなにか覗いている。背中に結びつけているようだ。以前、通りからリオの店を覗いていた男にちがいない。ヤニスの家の前に佇《たたず》んでいたこともある。きらりと光る男の黒い瞳がヤニスをにらみつけた。いまにも襲いかかってきそうだ。

「ぼくは、リオの友人です。リオの行方がわからなくなって」そう口ごもると、ヤニスは念のため一歩さがった。自分の言葉で、男が逃げだすかもしれないと思ったのだ。

男は無表情にヤニスを見据えた。

「どなたですか?」ヤニスはたずねた。

男は安楽椅子の裏から出てきて、ヤニスの脇をすり抜けて、山積みの本の向こうのくすんだ窓から夜の路地を見た。背中のものは大昔の竪琴《たてごと》のようだ。

「わたしはエインだ」男は言った。

第二部　エイン

アテネ旧市街

エインは振り返って、ヤニスの顔をまっすぐ見た。背後の窓から店内に射し込む窓の月明かりの中、その大柄の男の影がぼんやりかすみ、目だけがかすかに突きでて見えた。外ではコオロギが鳴いている。あとは異様に静かだった。エインは身じろぎひとつせず、ヤニスを品定めしているようだった。逆光のせいで、男の背中から覗いて見える竪琴が奇妙な形状の武器に見えた。いざとなったら、男は手荒なまねもいとわないだろう。

だがいまのところヤニスをじっと見つめているだけだ。

「きみ、ヤニスだな」男は言った。

「どうして知っているんですか?」

「知っていて当然だ。きみが店に来たとき、すぐそばにいた。きみが何者かリオにたずねた。ちゃんと教えてくれたよ」

「ではリオの居場所を知っているんですね?」

「どうしてそうなるんだ?」謎の男はかぶりを振って、ようやくヤニスから視線を離して店を見回した。「争った形跡がある」

「そうなんです」小声でそう言って、ヤニスは横目でエインをうさんくさそうに見た。

エインがじろっとヤニスの方を見返した。一瞬、愉快そうな目つきをした。「わかっている。わたしがリオを誘拐したと思っているな」

「リオがいなくなって、代わりにあなたがいますからね。リオからぼくのことを聞いたんでしょう」

「それで?」

ヤニスは凛々しい騎士になったつもりで胸を張った。「あなたは嫉妬しているのかもしれない」

月明かりに浮かぶ影が凍りつき、窓の外でコオロギが鳴きやんだ。書架に立てているロウソクが一本ぱちっとはぜた。小説の中みたいだ、と思った。ヤニスの人生が百三十頁《ページ》に達した。そしてそこが最終頁に予定されているということなのかもしれない。

「ひとつ、教えてくれ」エインは言った。「わたしがリオを連れ去ったのなら、なぜまだここにいるのかな?」

ヤニスはすこし考えた。たしかにエインがリオを誘拐してから戻ってきたと考えるのは無理がある。とはいえ、多くのミステリでは、犯人が事件現場に惹きつけられて戻ってくる。たとえば……。

とっさに手を上げ、財布の入っている上着のポケットに触った。

「なにかを落として、取りに戻ったのではないですか？」ショーウィンドウの前の影がすこし大きくなったような気がした。エインの視線がヤニスの手の動きを追い、なにか考えるように彼の目が胸ポケットに止まった。エインはゆっくりと二歩ヤニスに近づいた。

「なにを落としたというのだ？」

ヤニスは財布から妖精がぱたぱたと飛んで逃げていきそうだとでもいうように上着のポケットをしっかり押さえた。エインはヤニスの手をじっと見据えた。

「わかりません」ヤニスは口ごもった。「あなたがここに来て、リオを連れ去った証拠かも」

エインは顔を上げて、ヤニスの目を見据えた。なにか考えている。ヤニスはそっと手をおろした。

「たいした想像力の持ち主だな」エインはうなずいた。「いいことだ」コオロギがまた戸外で鳴きだした。

「リオは」ヤニスは言いかけた。

「なにが訊《き》きたいのかね。言いたまえ」

「やはりあなたが」

エインは目を凝らした。

「きみには想像力があると思ったが、見込みちがいだったようだ」

ヤニスの脇をすり抜けると、男は出口へ向かい、扉のところでもう一度振り返った。

「リオを見つけたいのなら、もうすこし成長しなければいかんな。きみがその気になったら、手伝ってもいい」

扉が開いて、エインはすっと夜の闇に消えた。

アテネの市立公園

呆然としながらヤニスは公園を歩いていた。ここなら心に負荷をかけずにあれやこれや考えられる。この数日、わけのわからないことばかりつづいたので、頭にすこし涼しい空気を入れても損はないだろう。

ヤニスは池へ向かった。世界の中のもうひとつの世界のように公園の中央に広がっている。ヤニスはそこへ来てはっとした。池の端の砂地にだれかがすわり込み、じっと水面を見つめながら、ほつれた髪をぼんやりと手でいじっている。海辺で足から血を流していた少女だ。

ゆっくり近づくと、ヤニスは少女が唇を動かしていることに気づいた。歌をうたっているようだ。

「やあ」ヤニスは横に立つと声をかけた。だが少女は彼を覚えていないのか、池を見つめつづけた。ヤニスは砂地にすわって、しばし黙って少女を見つめた。少女はこのあいだよりも蒼白く、黒髪がぼさぼさだ。いまだにあの空色の服を着ているが、薄汚れ、ところどころ裂けていて、少女の肌と同じでなんとなく色褪せて見えた。少女の瞳は池の一点に焦点を定めず、きょろきょろしていた。まるで水面を飛ぶ見えない蚊の群れを観察しているかのようだ。だが内面が引き裂かれている証拠に、ゆっくり体を前後にゆすっている。裸足の足には小さな血の塊がこびりついていた。

「ぼくだよ」ヤニスは小声で言った。

少女は声にならない歌声を発しながら水面を見つめていた。

「囀《さえず》る魚は見つかったかい?」ヤニスはたずねた。

一瞬、少女の指が砂地をつかんだ。それでも体はあいかわらず前後に揺らしたままだ。声にならない歌声はまっすぐ池に向けられているようだ。散歩をする人が数人通りかかったが、だれも気にもとめなかった。

「足の具合はどう?　靴を買ってあげようか?　傷口に塗る軟膏がいるかもしれないね」ヤニスはたずねた。

少女は口をきかなかった。

「友だちは見つかったの?」ヤニスはたずねた。

少女ははっとした。足元の砂地に指で字を書いた。

「鳥」そう書いてから、少女はがっかりしたようにその字を見た。

「鳥?」

少女はようやくヤニスの方へ顔を向けた。元気のない目をしている。それからまた書いた。

「囀る魚。よく見れば、もう鳥じゃない」

少女は肩をすくめた。

ヤニスは、少女の内面にいろんな思いが浮かんでは消えていると感じた。

少女はすこしためらってから、指で手早く砂に字を書いた。

「海はいい物語と同じ。奥が深い。大地には深みがない。ここではなにもかも実の世界の固い大地に立っている。囀る魚が力を発揮できると思う? なんとしてもリオを見つけだして。わかった?」

「リオ?」ヤニスは背筋に悪寒が走るのを感じた。「リオを知っているの? リオのことでなにか知っているのかい?」

「あたしはなにも知らない。知っているのはおじさんよ」

「だって、リオは消えてしまったんだよ」

「ええ」少女は砂にそう書くと、また水面に視線を向けた。

「いいかい、あのね」

少女はヤニスを見た。

「歩きだした道を進みつづけるの。わかる？」少女はまた書いた。

「それがどうも」

「リオを見つけて」

「どうしてリオを知っているの？」

「おじさんだって知っているじゃない」

「まあ、そうだけど」

少女が手を振ってヤニスを遮った。

「あたしは物事が混じりあうところにしかいられないの」

少女はかぶりを振った。手で砂を平らにならすと、あらためて書きだした。

「あたしの頭、どんどん混乱していく。おじさんは自分の道を進むのよ。目的地に辿りつけそうになくても立ち止まってはだめ。情熱、おじさんにはあるでしょう？」

「情熱？　どうかな」

「なんだか頭が働かない。あたしは消えてしまうのかも。あたしの足跡のように。おかしいわね。なにもかもこんがらがってる」

「たしかにそうだね。それで、どこへ行ったらリオは見つかるかな?」

「それはわからない」少女は書いた。「どこで見つけるかは、おじさん自身で決めること」

支離滅裂なのに、自分で書いた言葉が、少女は気に入ったようだ。

少女はなんとか立ち上がると、すこしふらついた。両手と空色の服についた砂をあわてて払うと、ぎこちなく一歩一歩足を前に踏みだした。ヤニスと話した結果に不満なようだ。それからおぼつかない足取りのまま立ち去った。今回はなぜか足跡が残らなかった。

アテネ

世界は、奇怪な生き物の物語で溢れている。ヨーロッパの地下世界には巨大なバシリスクがうごめき、眼光一閃、敵を石に変える。竜のリントヴルムは山に棲み、恐怖を振りまく。スコットランドの森には、不注意な男の生き血を吸い取るおぞましい吸血鬼バーバンシーが徘徊し、同じスコットランドのネス湖には怪物が棲息し、人間の想像力を刺激しつづけている。同様にアメリカ大陸の湖にも怪物伝説がある。たとえばカナダのオカナガン湖にいるというオゴポゴ。大蛇に似たオゴポゴの気をそらして、無事にカヌーで湖を渡るため、先住民は生きた動物を湖に投げ入れるという。

ゴビ砂漠の地の底には、毒を吐くという恐ろしい真っ赤な人食い虫がいる。その存在を確かめるべく、これまで何度も調査隊が派遣された。アマゾン川流域では、夜中に恐ろしい声を張りあげる銃弾の利かない人食い怪物マピングアリに恐れおののいて、多くの部族が村ごと移住した。ラテンアメリカでは、チュパカブラという怪物も不安と恐怖を振りまいている。背中に刺状の突起があり、硫黄のような臭いを発散し、山羊や鶏の血を一滴残らず吸い尽くす謎の生物だ。オーストラリアの田舎でも、半人半猿の巨大生物ヨーウィの目撃情報が寄せられている。

一角獣《ユニコーン》は野原や森の空き地に憩い、すばらしい魔力を持つとされ、その角は中世ヨーロッパにおいて高値で取引されたし、その角で玉座が作られることもあった。そのせいで、一角獣の角にそっくりの長い牙を持つイッカクは乱獲されることになった。森の精やコーボルトは自然の中を旅する者を驚かせ、イエティやビッグフットは雪に覆われた頂に君臨する。他にも家に憑《つ》くポルターガイストや、古城跡に巣くう幽霊や、子どもの頭の中に棲む歯の妖精がいるし、人間の背後には天使や魔神《ジン》がついているし、足の下には根っこぼっこやこびとがいて、夢の中にはどんなお伽噺よりもすばらしい、偉大な愛が宿っている。

アイスランドでは、小さな妖精の軍団が王国を築いているので、新しい道路の建設で自然を破壊するときは、妖精族の住まいである岩を壊さないよう慎重を期す必要がある。妖精から選ばれた者が「隠れた世界の地図」を作成し、小さな妖精たちに被害が及ばないように目を光らせている。妖精はそうやって人間に自然を敬う心を教えているのだ。

しかしこうした存在はリオと比べたら小さく取るに足らない、とヤニスには思われた。リオがこの複雑な宇宙でどんな役割を担っているのか、いまだにわかっていない。答えが見つかるとしたら、彼女の店の中だろう。あるいはヤニスの上着のポケットの中。妖精がシルクペーパーでできたものでなかったら、きっと進むべき道を指し示してくれただろうに。

リオの書店へ行く途中、ヤニスはまたマッチ売りの少女を見つけた。通りの反対側の街角でしょんぼりと壁のそばに立ち、歩道をぼんやり見つめている。通行人たちは少女を気にもとめず、足早に通りすぎていく。金髪はぼさぼさで、顔にかかっている。少女は一瞬、顔を上げてあたりをきょろきょろと見回した。道行く人になにか問いかけるように唇が動いた。だがだれも話しかけられたと思わないのか、少女の言葉はだれの耳にも届かず、返事も得られず消えてなくなった。少女はがっかりしてまたうつむいた。

両手にはなにも持っていない。どうやらマッチは売り切れたようだ。

アテネ旧市街

ヤニスがちょうど書架のあいだを歩いて、リオを探す手がかりを物色していたときのこと、奇妙な客が突然、店にやってきた。ヤニスは、入口の扉が開いた音にまったく気がつかなかった。

その客は中年で、団子鼻だった。目は落ちくぼみ、ふさふさの眉毛のせいで、瞳は洞穴からおどおどしながら外をうかがうこびとのようだ。ちぢれた灰色の髭《ひげ》は胸まであり、黒髪をオールバックにしている。服装がどこかおかしかったが、どこが変なのか、ヤニスにはわからなかった。客はだらっと腕を垂らして立ち尽くし、ヤニスを不安げに見つめていた。

「なにかご用でしょうか?」ヤニスはしばらく客の目を見てから軽く咳払いをした。

その奇妙な客はびくっとすると、なにか探すようにあたりを見まわしてたずねた。

「リオは?」

「しばらく留守にしています」ヤニスは用心しながら答えた。「そのあいだぼくが代理をしています。なんのご用ですか?」

客はうさんくさそうな目付きをして、ヤニスの様子をうかがった。「いないのかね？　それはどういうことだ？」

「彼女は、その、バカンスに行っているんです。本をお求めですか？　小説などいかがですか？」

客はしばらくのあいだなにも言わなかった。リオが不在であることが信じられないとでもいうように店の中をきょろきょろ見ていた。

「バカンス？　そしてきみが代理？」

「そのとおりです」

男はためらいがちに虚空を見据えた。

「リオと話がしたいのだがね」

「お気持ちはよくわかります。しかしわたしでもお役に立てると思うのですが」

「役に立てる？」男は一瞬、ヤニスに期待の眼差しを向けた。ちょうどおもちゃをもらえると聞いて舞いあがった小さな少年のように。

「あなたがお望みの本をお売りいたします」ヤニスは微笑むと、腕を広げた。

男の顔がふたたび生気を失い、蒼白くなった。声までいきなり変わった。ほとんどパニックに陥っているようだった。

「ちょっと考えさせてくれ。きみなら、なにをすすめてくれる？　小説と言ったね。小説があるのかね？」

「まあ、ここは書店ですから」

「書店？　リオはいつ戻る？　きみに他意はない。だがわたしになにが合うかわかるのはリオだけだ。それはきみにもわかるはずだ。リオはいつ帰ってくるのだね？」

「なにも聞いていませんので」

「なにも言付かっていないのか。それじゃ、わたしはまたいつか立ち寄って、リオがいるかどうか覗くことにする。それが一番簡単だ。まさか永遠にバカンスに行きっぱなしというわけではないだろうからな」

　客はしきりにあたりをうかがった。なにかに怯えているようだ。

「名前をうかがってもいいですか。あなたがここへ来て、本を求めていたとリオに伝えますので」

「求める？　本を？」

「ちがうのですか？」

「わたしがここへ来て、また来ると言っていた、と伝えてくれれば結構だ」

「いいですよ。それで、お名前は？」

「わたしの名かね」客は無数の背表紙を見渡して、その中から決めたかのように言った。「トルストイが来たと伝えてくれ」

「トルストイ？　まさか、あのロシアの作家の？」

客は目を凝らした。「トルストイを知っているのか？」

「じつはちょうど昨日、『アンナ・カレーニナ』を読みはじめたところです。偶然ではないですね」

「『アンナ・カレーニナ』。『アンナ・カレーニナ』を知っているのかね？」客の顔がまた青くなった。

「知っているとまでは言えません。ちょうど読みはじめたばかりですので」

「それで感想は？」

「すばらしいです」そうは言ったが、じつは最初のいくつかの章に出てくるたくさんの長いロシア人の名につまずいて、なかなか物語に入れなかった。七十頁《ページ》を過ぎたあたりでようやく主人公のアンナがサンクトペテルブルク発の汽車から降り、物語に登場する。それまではヤニスの好みからいうと、樹皮を伝い落ちる樹液のように遅々として話がすすまず気に入らなかった。作者は自分の物語を進行させることに関心がないようだった。ヤニスが飽きて書架に戻そうかと思ったとき、女が物語にあらわれ、トルストイはそれまでと打って変わって生き生きとした描写をはじめた。黒い巻き毛、象牙細工のような肩、たおやかな手首、思わせぶりの笑み、肉厚の唇、やさしいまなざし、オーラを放つ、何事にも過剰な女——読者に千頁超えの大作を読む覚悟をさせたアンナ・カレーニナがついに登場し、物語は淡々とした語りをやめ、波瀾万丈の恋の冒険に一変する——この書き方を、ヤニスはなんだか知っているような気がした。トルストイ自身、ようやく目を覚まし、筋立てに参加したかのようだ。あいにくヤニスはその先をまだ読んでいない。アンナ・カレーニナがモスクワ駅に着いたところでまたそれまでの単調な語りに戻ってしまうのではないかと思ったからだ。トルストイはアンナ・カレーニナを話の原動力にせず、そのままプラットホームに立たせたままにするかもしれない。

「偉大な文学です。性格づけが明解で、すごく盛り上がりますし」ヤニスは熱心にうなずき、本当にそうなってくれることを祈った。「筋の展開が早すぎず、じわじわと行くあたり、よく練られています」

客は耳の後ろをかいた。

「買っていかれてはいかですか?」そう言って、ヤニスは書架の方を指差した。

客はびっくりしてあとずさった。青い顔をして、両手を横に振った。

「なにを考えているんだね。とにかくいまは帰った方がよさそうだ。リオが戻ったら、忘れずによろしく言ってくれたまえ」

「喜んでそういたします」

「それでいい。また会おう。きみはここにいてくれ。出口はわかる」

アテネ旧市街

『アンナ・カレーニナ』にはなにか謎が秘められているのかもしれない。

団子鼻の奇妙な男が訪ねてきたあと、ヤニスは『アンナ・カレーニナ』を書架からだして、次の章を読んだ。いまはリオの古い安楽椅子にすわって、装幀を眺めているところだ。弱々しそうに見えながら、じつは心の強いアンナ・カレーニナは社会の因習をなんとも思っていない。決まり事だらけの世界のまっただ中で悪の道をひたすら突き進む美女だ。まさしく小説の典型的なヒロイン。

規範を破る麗人。テオドール・フォンターネの『エフィ・ブリースト』のヒロインもそうだ。エフィ・ブリーストも社会通念という壁にぶつかる。彼女もまた不義密通を働く。ゲオルク・ビュヒナーの『ヴォイツェク』に登場するマリーもそうではないか。ゲーテの『ファウスト』に登場するグレートヒェンの運命も思いだされる。あの美しい乙女は愛人に捨てられて非難を浴び、絶望してわが子を殺す。

ヤニスは背中に鳥肌が立つのを感じた。フランス文学でもっとも有名な小説、ギュスターヴ・フローベールの『ボヴァリー夫人』では、主人公エマは資産家に口説かれて逢い引きを重ね、その後も別の男と不倫をし、自分の家族を崩壊の縁に追いやる。アンナ・カレーニナ、エフィ・ブリースト、マリー、グレートヒェン、エマ・ボヴァリー。文学の中で名を馳せた女性たちはどうしてこうも似ているのだろう。

ヤニスは寡黙な背表紙を見据えた。リオの店にはじめて足を踏み入れたときに想像したことが脳裏に蘇った。この書店が物を売る店ではなく、特別な出会いの場所だとしたらどうだろう。リオは羊飼いのような存在で、本が羊に相当し、この宇宙でふたつとない貴重な宝であるかのように大切に守っているのだとしたら。そしてここは万巻の書の登場人物たちが集う場所だったりして。アンナ・カレーニナやエフィ・ブリーストたちはこの店で交流したからあれほど似通っているのではないだろうか。

ヤニスの視線が、いつも自動的に開閉する入口の扉に向けられた。「書物が天地創造に等しいなら、この世界は最高の本ということになるかもしれませんね」リオの声が頭の中で響いた。ヤニスがはじめて店に入ったとき、リオが口にした言葉だ。実人生でもさまざまな本のあいだを、あちこち覗いてまわっているのではないだろうか。ぼくたちは他人の物語にしばらくのあいだ付きあうこともある。いや、最後までついていくことだってある。自分の物語の脇役や主役の座をだれかに与えることもある。ときにはそういう本の中に別の本を見つけ、次々と乗りかえることだってあるし、ぼくたちが途中で背を向けた物語がそのまま進行して、別の結末を迎える場合もあるだろう。そうやって複数の人生が絡みあう。互いに影響を与えあい、印象や体験を増やしていく物語と同じだ。

この店にはじめて足を踏み入れたとき、入口の扉が表紙、しかも奇妙なことに内側に開く表紙のような気がしたじゃないか。

ヤニスの鼓動が激しくなった。視点を変えて、店の中から見ると、扉はこっちへ開く。表紙と同じだ。この店に入ったとき、本の中に足を踏み入れたのではなく、本から出てきたのだとしたらどうだろう。もしも他の本と同じように自分自身の本もリオの店にあって、自分の人生の表紙を開けて、リオの世界に入り込んだのだとしたら。

そうだ、もしリオが自分の本から出ていってしまい、そのせいでここにいないのだとしたら。ヤニスの視線が書架に並ぶ無数の本を辿った。リオが別の本に入ってしまったのなら、見つけだすのはむりだ。

しかしトルストイやフローベールたちが造形したヒロインは、リオの店で意見交換をすることがあっても、最後には自分の物語に戻っていく。そしてそこで……。

ヤニスの手がふるえはじめた。ヒロインはみな物語の終わりに生き延びることがなかった。みんな、自殺するか、殺害されるか、あるいは失意のうちに死ぬ。アンナ・カレーニナもそういう運命を辿るのだろうか。ヤニスは膝にのせた本の裏表紙をゆっくり閉じた。だがトルストイの作品の最終頁《ページ》を見て、息をのんだ。真っ白だ。ヤニスは本文が終わるところまで頁をめくり返した。

物語は途中で終わっていて、その下にこの本とは無関係な一文が書かれていた。

「リオはいずこ」

アテネ

すでに真夜中に近かったが、ヤニスはロウソクを灯して、書架のあいだに置かれた安楽椅子にすわり、物思いに耽っていた。そのとき奇妙な物音が住まいの闇と閉じた部屋の扉を抜けて彼の耳にとどいた。だれかノックをしたのだろうか。ヤニスはもっとよく聞こうとして、息をとめた。だが家の中はしんと静まり返っていた。

息を吐くと、ヤニスは窓の方へ視線を向けた。そのとき、だれかがゆるんでいる廊下の板に足を乗せたようなきしむ音が聞こえた。ヤニスがはっとして安楽椅子から立つよりも早く部屋の扉がゆっくりと開き、廊下の闇の中からがっしりした体格の人物があらわれた。

「いったいぜんたい」ヤニスが言った。

「ノックをした」そう言って、エインは肩をすくめた。

「どうやって入ってきたんですか？　入口は閉まっていたはずですが」

「リオの身になにが起きたか知りたいのなら、扉を閉じたままぐずぐずしていてはいかんな。リオにまた会いたいのなら、黙って安楽椅子にすわってわたしの話をよく聞きたまえ」

エインは部屋の中を歩いて、リオの店にいたときのようにヤニスに背中を向けて窓辺に立った。彼の体がまたしても謎めいたシルエットを作りだした。どうやらもったいぶることが好きらしい。

「わたしがリオを連れ去ったと思っているのだろう。それはわかっている。きみがそう思うのは当然だ。しかしながら表面上そう見えることがつねに真実とは限らない。ときには水面から離れ、深く潜らねばならないことがある」

「そういわれても」

「なにが起きたのか知りたくないのかね？」

「もちろん知りたいです」

「多くの謎を解く鍵は想像力だ。頭を働かせたまえ。せっせとな」

「では話を聞きましょう」

「いいだろう」エインはヤニスの方を向いた。「一八四九年に起きた、というかその年に終わりを告げた小さな物語からはじめよう。多くの人生と同じように、その物語も病院で終わる。口をはさまず、まあ、聞いてくれたまえ」

ボルチモア　一八四九年

その患者は「レイノルズ」という名を繰り返し口にした。

ボルチモアの病院に担ぎ込まれてからずっと、男は熱にうなされて、うわごとを口走っていた……男の言葉は文法的に支離滅裂で、まったく意味が通じなかった。口ごもりながら、まとまりのない言葉を切れ切れにつぶやくばかりで、独り言か、天井を相手にしゃべっているようだった。ときどき首を横に向け、枕に向かって竪琴がどうのと口走ることもあった。男のまなざしは、どこを見つめるでもなく病室を彷徨い、どこにも目をとめることがなかった。そして夕方になる頃からしきりにレイノルズを呼んだ。

四日前、彼は側溝で見つかった。髪はぼさぼさで、顔は汚れてむくんでいた。そして大きさからして彼のものとは思われない壊れかけた麦わら帽子から虚ろな目を覗かせ、着ている破けたシャツも彼のものではなかった。それはまるで皮が破けた腸詰めのような有様だった。無頼漢に襲われたものと見られた。ボルチモアでは折しも州議会選挙の最中で、投票所にあたる酒場に道行く人を引きずり込み、決まった候補者に×印をつけるように強要することが横行していたのだ。あまつさえ、無頼漢どもは引きずり込んだ者の金品を奪い、どこかの側溝に投げ捨てていた。それに、男は酒飲みだったので、無頼漢どもにしたら赤子の手をひねるようなものだっただろう。

男は一週間ばかり前、上品なスーツとネクタイ姿でいるところをリッチモンドの港で目撃されていた。どうやらフィラデルフィア行きの船に乗るつもりだったらしい。ところがその数日後、ボルチモアの側溝で発見され、病院に担ぎ込まれた。

女性看護師たちは頭のおかしなその男をベッドにしばりつけ、薬を投与した。男は抵抗せず、人形のようにベッドに寝かされ、掛布をかけられた。看護師たちが医師を呼んだ。医師は患者を一目見るなり蒼白になった。医師はしばらくのあいだ下唇を噛んで、その男を見つめたあと、看護師の方を向いて言った。「みなさんはこの人物がだれか知らないようだ」

まだ若く、文学にほとんど関心のない看護師たちはたしかに患者がだれか知らなかった。医師は言った。「これほどの文才の人が、自分の短編に出てくる話と同じ状態に置かれているとは愕然とする。この方は偉大なエドガー・アラン・ポーその人だ」

アテネ

　エインは黙ってヤニスを探るように見つめた。ヤニスがなにもしようとしなかったので、エインは話をつづけた。「ポーは四十歳で精神錯乱したまま、まもなくこの病院で息を引き取った。生前の彼はアメリカでそれほど人気はなかった。酒乱とみなされ、作家としてほとんど評価されていなかった。今も名を知られているのは、フランスの詩人シャルル・ボードレールのおかげだと言っていい。ボードレールがポーの作品をフランス語に翻訳し、ヨーロッパで有名にしたのだ。生前に成功した著作といえば、貝類に関する教科書くらいのものだ」

「ポーが教科書を書いたんですか?」

　エインはまたヤニスに背を向けて、窓から闇夜を見据え、それからかぶりを振った。

「それならまだいいのだがね。その教科書は売り上げを増やすために彼の名で売られただけだ。ポーは本文を他人に書かせて、実際には前書きを書いただけだった。あいにくポー唯一の長編小説『ナンタケット島出身のアーサー・ゴードン・ピムの物語』もあまり誉められたものではない。この船乗りの物語はおよそ三分の一が他の作家から着想を失敬したものだ」

ヤニスは黙って考え込んだ。アメリカ最大の作家に数えられている人物についてこんな話を聞かされるとは思っていなかったのだ。それについ最近、マッチ売りの少女からアーサーという男に気をつけるよう注意されたばかりだ。

「ついでにいうと、南海小説とか、海洋小説と呼ばれるものは当時の流行だった。『宝島』、『白鯨』、『海の狼』、バウンティ号の反乱をめぐる物語群。南海を神秘的なものとして描くこうした書物は十九世紀に誕生した。南海を楽園のように描く作家や画家が何人もいた。たとえばポール・ゴーギャン。パナマで破産して、〈野人のごとく生きる〉という計画が頓挫したあと、なりふり構わずパナマ運河の建設現場で働き、それからマルティニーク諸島へ赴き、わずらわしいことのない、安価な暮らしのできる美しい土地を発見したとされている」

エインはかぶりを振った。

「あいにく実の世界はちがう。ゴーギャンは滞在中にマラリアや赤痢にかかり、金銭難に苦しんだ。家族には不幸がつづき、彼自身、自殺しようとしたこともある。派手な色使いと、軽装の人々、楽園のような場面で有名になったタヒチの連作が生まれたのは、この時期のことだ」

エインは間を置いたが、ヤニスがなにも言わなかったので話をつづけた。

「ゴーギャンが描いたのは実の世界ではなく、虚の世界だった。南海の島々が植民地になったとき、そこへ行って筆をふるった他の画家たちの場合も同じだ。椰子の木の代わりに地中海に多い松や糸杉を架空の南海の楽園に描き込み、現地人には毛皮ではなく、古代ローマ時代のトーガのような服装をさせた。椰子の木よりもそちらの方が楽園や古代ギリシアの黄金時代のイメージに近かったからだ。気づいたかね？」

「なにをですか？」

「南海が楽園であるという神話は奇妙なことに、今でも生きている。元々、数人の作家や画家の虚構でしかなかったものが、いつのまにか現実になってしまった。ゴーギャンの絵は今でも現実の写し絵だと思われている」

「エドガー・アラン・ポーがアメリカの偉大な作家のひとりとみなされているのと同じということですか？」

「いかにも。現実になった神話といっても差し支えないだろう。ポーの謎の死はむろん事実だがな。もちろんボルチモアで起きたことについては物議を醸した。ポーがなぜ正気をなくし、まともにしゃべることもできない状態で側溝に落ちていたのか、理由がまったくわからなかった。先ほども言ったように選挙活動に荷担した無頼漢にやられたという意見が有力だが、動物に嚙まれて狂犬病に感染したと考える者もいるし、研究者の中には脳腫瘍があったのではないかと憶測する者もいる。すべて想像の域を出ない。実際には」

エインは間を置いて振り返り、聞く心の用意があるかとヤニスの目をまっすぐ見つめた。

「実際にはエドガー・アラン・ポーの物語はちがう結末を迎えた」

「どうして知っているんですか？　それにリオがいなくなったこととどういう関係があるのです？」

「まあ、順番に話そう。他にもふたつ話したいことがある。心配はいらない。話はすぐに終わる。そこでも人生の暗部が話題になる」

アルジェ　一五八〇年

泥にまみれたその男は銃弾を三発受けて、片腕が利かなくなっていた。いっしょに捕らえられた者たちは男のことを「レパントの片腕男」と呼んだ。男はスペイン人で、水兵としてレパントの海戦に参加してトルコと戦ったからだ。無敵と謳われたオスマントルコ艦隊の神話は、このスペイン人の左手と同じように無残な末路を辿った。男は五年前海賊に捕まり、それ以来虜囚となって獄につながれていた。

レパントの片腕男はゆっくりと泥だらけのまぶたを開けた。隣の寝床は空っぽだ。昨晩まで通訳をしてくれる同郷の男がいたが、夜中に引っ立てられていき、それっきり戻ってこない。他の連中と同じように殺されたのだろう。レパントの片腕男はこの数年、三度脱走を試みて、ことごとく失敗した。今回、アルジェリアの海賊どもはいっしょに脱走した者数人を見せしめに処刑した。彼自身は九死に一生を得た。海賊どもが要求した身代金が家族からとどいていなかったが、それでも片腕男との取引に期待したのだろう。

軽くうめきながら、片腕男は死んだ通訳の寝床に体を転がした。薄汚いぼろ切れに手をすべり込ませ、紙の束をつかむまでまさぐった。片腕男はその紙の束を苦労しながら取りだした。束ねられた汚い紙にはへたくそな文字が書きなぐってあった。一行ごと、エピソードごとに、通訳はアラビアの海賊が何週間もかけて夜ごと話してくれた物語をスペイン語に翻訳していた。ある日、そのアラブ人は略奪をするため船出して、それっきり帰ってこなかった。そのあと片腕男と同房の通訳が未完成の翻訳をぼろ切れに入れて隠していたのだ。だがその男ももうあの世へ行った。

レパントの片腕男はその原稿を自分のぼろぼろになったシャツに押し込み、あえぎながら自分の寝床に戻った。

「ミゲル、このスペイン野郎、なにをしてやがる？」アラビア訛りの声が聞こえた。片腕男は首をまわして、自分のところへやってくる海賊を見た。「てめえの通訳がなにか食いものを残さなかったか覗いていたのか？　てめえにいい知らせを持ってきてやったぞ。もうすぐ故郷の料理が食えるぜ。三位一体会（キリスト教の慈善団体）がおまえを身請けした。荷物をまとめろ！」

アテネ

「ミゲル？」ヤニスはたずねた。「まさかあのミゲルじゃありませんよね？」

エインは満足そうにうなずいた。

「あのミゲルさ。ミゲル・デ・セルバンテス・サアベドラ。彼はスペイン艦隊の兵士だった。一五七五年、海賊に捕まって、アルジェへ連行された。彼の誘いで行われた三回の脱走で、いっしょに獄につながれていた者たちが何人も命を落とした。セルバンテス自身は運よく命を長らえ、五年後、キリスト教の団体に身請けされた。その後、囚われの身となった体験を元に戯曲を書いたが、これは成功しなかった。借金がかさみ、最初の小説も金にならなかった。セルバンテスはそれから徴税吏《ちょうぜいり》になるが、徴収した金を着服して投獄された」

エインはヤニスに背を向けて、窓から夜の風景を見ていた。

「セルバンテスは獄につながれ、作家になる最初の試みは失敗に終わった。膨大な借金にも苦しんだ。しかし問題を解決する術を監房に持って入っていたのだ。アルジェで同房のぼろ切れから取りだした紙の束だ。自分の物語が注目されなくても、スペイン語に訳されたアラブ人の物語ならおもしろがられるかもしれないと考えたのだ。こうしてセルバンテスは仕事に取りかかり、中途で終わっていた原稿を最後まで書き上げた。彼はのちにこの小説でついに成功を収め、有名になった」

「『ドン・キホーテ』ですね？」

「貧相な体格の騎士と従士サンチョ・パンサの物語は大成功した。セルバンテスはこの小説がアラブ人の話を翻訳しただけの、別人が語ったものだと認めたが、それについても虚構であるかのように書いている。元々の原稿はたしかに別人が書き残したもので、その人物も話を書き取っただけとは書かなかった」

エインはヤニスの方を向いた。

「ドン・キホーテという物語の基本的な着想はすばらしい。虚と実の融合がみごとだ」

ヤニスはエインの肩越しに窓の外を見つめた。『ドン・キホーテ』を読んでから何年も経つ。偉大な騎士の時代が過去のものとなったのに、騎士になる妄想に取り憑かれ、田舎娘を貴婦人、宿屋を城、風車を危険な巨人とみなして、自分に都合のいいように世界を作り直した男の物語だ。

「しかしセルバンテスは他人の筆で名声を得た」エインは言った。「しかもあつかましいことに、数年後、同房の者が残した原稿を元にして『ドン・キホーテ』の後編まで公刊した。それはセルバンテスの物語ではなかった。他人のものだった」

「セルバンテスはどうなったんですか？」ヤニスはたずねた。

「『ドン・キホーテ』の後編をだしてまもなく亡くなった。糖尿病と水腫で死んだとされている。だがあの男の末路も実際には少々異なっていた。ところで同じ憂き目に遭った作家がもうひとりいる。その話をしよう。聞きたまえ」

ロンドン　一五九三年

　イングラム・フライザーは無我夢中で走っていた。植木鉢、雨水桶、人間を次々とはじき飛ばしながら。未亡人エレノア・ブルの庭で有名な劇作家クリストファー・マーロウをナイフで刺してしまったのだから、慌てているのも当然だ。

　未亡人の家から、フライザーはテムズ河畔の方へ走り、夜の闇に包まれた。息も絶え絶えになりながら藪に身を隠し、追っ手が来ないかしばしのあいだ様子をうかがった。フフイザーとマーロウはエリザベス女王配下の諜報機関で工作員をしていた。そうしたわけで、マーロウへの捜査は何度も女王によって中止させられていた。だが今回嫌疑をかけられたのは異端と同性愛の罪だ。助かる道はただひとつ。死んだと見せかけるほかない。マーロウとフライザーは勘定をめぐって喧嘩をし、フライザーはナイフでマーロウを刺す。死んだふりをしたマーロウは今頃、運び去られ、どこか別の場所で生き返っているという寸法だ。

「もう出てきていいぞ」藪のそばで声がした。異端と同性愛のうわさを流し、その廉《かど》でマーロウが疑われるように仕向けた張本人の声だ。男は小さな劇団の団員で、独創性は人並み外れていた。

イングラム・フライザーは藪から這いだして体を起こした。「マーロウと話した。あいつも、他に選択肢はないと納得した。あんたが望む限り、協力すると言っている」

その俳優は満足そうにうなずいて面長の顔ににこやかな笑みを浮かべた。「上々だ」そう言って、芝居がかった仕草で夜のテムズ河畔の方へ腕を伸ばした。「この場所のオーラを感じるか？　偉大なものが生まれる運命の場所だ。ここに新しい劇場を建てようと思っている。世の人々がいまだ見たこともないような劇を演出する。マーロウにはその台本を書いてもらう。ただし死んだことになっているので、わたしの名でな。理に適った取り決めだ。双方とも得をする」

ウィリアム・シェイクスピアはうっとりと闇を見つめた。夢の中の劇場がすでに現実のものとなったかのごとく。

「こいつは名を成すにちがいない」フライザーは思った。

「ちょっとそれはないでしょう」ヤニスが言った。「ぼくはシェイクスピアの劇をすべて観ています。本当に全部です。わかりますか？『ロミオとジュリエット』は寝ていてもそらんじることができます。シェイクスピアについての本もたくさん読みました。俳優兼劇作家であったシェイクスピアが彼の名で知られる作品を書いた者と同一人物か疑問を呈する説もあります。彼の戯曲の本当の作者と思しき人物の名も上がっていますし、その中にクリストファー・マーロウもいることは知っています。でもシェイクスピアがマーロウを密告して、ゴーストライターに仕立てたなんていう話ははじめて聞きます」

「わかっているとも。ほとんど知られていないことだ。マーロウが諜報員であること、異端の罪に問われたのは彼の元同居人であること、そしてマーロウがその時期にナイフで刺されたこと以外はな。だがシェイクスピアの遺言を見ると、ひとつ気になる点がある。シェイクスピアは震える手で財産目録を作成している。ところが遺稿について一切触れていないのだ。未公開の原稿をどう扱うか、また作品を遺族に遺すかどうかについても、遺言にはまったく言及されていない。命がけで作品を書いた作家なら、作品の扱いを心にかけるものではないかね？」

「マーロウ殺害の犯人と目された男はどうなったんですか？」

「事件の二日後、イングラム・フライザーには正当防衛だったという判決が下った。フライザーは一旦投獄されたが、四週間後、女王の恩赦で釈放され、そのあとはマーロウの友人のところで職を得ている。妙な話ではないかね？」

「ふうむ」

「マーロウは、国王一座のグローブ座が公演した戯曲を複数書いた。本当の著者について、ウィリアム・シェイクスピアはひと言も口にしなかった」

「あなたはぼくの家に勝手に上がり込んで、ポー、セルバンテス、シェイクスピア、三人の偉大な国民的作家がインチキをやったと非難するんですね」ヤニスは両手で顔をこすってから、疲れた様子でエインを見つめた。「あなたの言うことは信じられません。どうして信じる必要があるのです？　そもそもあなたはどうしてそんなに詳しく知っているのですか？」

「だれかが彼らの責任を問う必要があるからだ」

ヤニスはうなずいた。「当ててみましょうか。その役を、あなたが買ってでたのでしょう」

ため息をつきながら、椅子の背もたれに頭をのせた。今聞いた話で頭が重くなり、支えが必要になったとでもいうように。「信じやすいぼくでも、そこまではむりです」

「いや、きみには想像力を発揮してもらいたい」

「あなたはどうやって罰したのですか？　シェイクスピア、ポー、セルバンテス、三人の首を自らひねったわけではないでしょう。ナイフ？　短剣？　どんな兇器が得意なんですか？」

エインは笑みを浮かべた。「兇器ならいいものを持っているさ」背中から覗いている古い竪琴を見た。「ポーが死ぬときレイノルズを呼んだことは覚えているだろう？　それがだれなのか、いまなお文学研究者の謎となっている。レイノルズ《Reynolds》という名の一部を抜きだせば、だれのことかわかる」

「エイン《Eyn》？」

「いまはそう名乗っている。ポーのときはレイノルズだった。問題の路地でわたしと会う直前まで、ポーは明晰な頭をしていたが、そのあとは混乱をきたした状態で発見された。ただし、票集めの無頼漢どもや盗賊団の手に落ち、上品な外出着をボロ服にすり替えられるところまではもちろん計画に入っていなかったがな」

「あなたはなにをしたんですか？」

エインは手を後ろにまわして竪琴を取った。「わたしを信じたまえ」そう言って、弦に指をかけた。かすかな音が響いた。

抵抗する間もなく、ヤニスのまわりの世界が崩れはじめた。

どこでもあり、どこでもない場所

仕事部屋が拡散し、四面の壁が遠のいていく。夜という名の黒い帳がゆっくりとはためき、四隅を翻《ひるがえ》して、舞い飛んでいく。代わりに淡い光が部屋に流れ込んできた、広がっていく壁がガラスのように透明になり、ピアノ曲が匂い立つように床から溢れでてくる。あたかもこの部屋が世界の差しだすあらゆるものを吸い込もうとしているかのごとく、書架は遠のく壁から離れ、部屋の中を漂いはじめた。空色の音符も見える。いまこの瞬間にヤニスの仕事部屋でショパンが即興演奏しているかのようだ。旋律はオレンジとバジルの味がして、ヤニスの肌をくすぐった。ヤニスは身じろぎひとつできないまま、蔵書の中の文字がうごめき、まったく新しい物語に置き換わろうとしているのを聞いた。かと思うと、雪のように白い花崗岩のベンチが振動し、きれいに包装した本が足元に置かれる音を耳にした。皮膚の上で泉の水が歌いさざめく声が聞こえ、花形カップに受けとめられ、兎《うさぎ》がそれを飲む。蔵書が書架から離れ、宙を漂う書物が生暖かく感じられた。背後でなにかが混ざりあい、緑色の地に赤色や青色や藤色の水玉が浮かぶのが匂いでわかった。それから小さな少女が目にとまった。宙を舞う本から頭と両手がにょきっと出ていて、その本から海の水が滴《したた》っていた。ところが水滴は絨毯に降りそそぐことはなかった。絨毯がそこになかったからだ。そこにあるのは黄ばんだ大判の頁《ページ》だった。その頁は海のごとく波打ち、血流が滞った動脈のように四隅が破れている。おそらく道が途絶え、進退きわまったせいだろう。危険な状態だ。命の循環がなくなれば、ヤニスの存在は危険にさらされる。頭がおかしくなり、生まれる前の状態に戻ってしまうかもしれない。ただしそれもその後の物語があればの話だ。たいていの場合、物語はそこで頓挫し、二度と取り上げられることはなくなる。砂の海にのみ込まれ、沈んで、永遠に埋没する。だれにも思いだされることがなく、ましてや活用されることもない。もしかしたらヤニスがすわっていた公園の古いベンチもいっしょに沈んでしまうかもしれない。彼が存在したことを証明する最後の手掛かりだというのに。血を流した足が残した小さな赤い足跡と同じように消えるだろう。だがもうどうでもよかった。このまま無の世界に落ちるのだ。

そして……

「ひとまずこれでよかろう」と言う声が耳元で聞こえた。

アテネ

その夜、ヤニスの寝室に迷い込む夢はほとんどなかった。ほとんどの時間、横になったまま窓から空を見ていた。月がゆっくりと星屑の海をかき分けていく。小さな星屑でさえぶつかったら大変なドラマを生みだしてしまうと恐れるようにこわごわと。もしかしたらリオも、どこかだれも知らないところに横たわり、宇宙の同じ一点を見つめているかもしれない。意識を集中させれば、彼女の顔を月の中に見つけられそうな気がした。

やはりエインに誘拐されたのだろうか？ あの謎の男は当然ヤニスをじっくり観察していたはずだ。嫉妬に狂う恋仇の所業に思えてならない。すくなくともその方が納得できる。不正を働く作家を数百年の時を超えて懲らしめ、その点であのすてきなリオとなんらかの関係を持っている男だと言われても、にわかには信じがたい。とはいえ、あの竪琴で男はたしかに不思議なことが起こせるようだ。

それでも、あの男がセルバンテスを殺したという話は信じがたい。

ため息をつきながら、ヤニスは毛布をはいで、ベッドから体を起こした。もう眠るのはむりだ。星明かりに照らされた庭をそっと窓から眺めた。人の姿はない。仕事部屋に行って、通りを見た。そこにも人影はない。勇気を奮い起こしてエインのあとをこっそりつけるべきだったかもしれない。そうすれば、そのままリオのいる場所まで行けた可能性もある。もちろんあの男がリオを誘拐していた場合だが。

ヤニスはいつもの癖で仕事部屋の扉を閉めた。それから書架の前に立って、『ドン・キホーテ』と文学事典を抜きだした。セルバンテスの小説をめくりながら安楽椅子のところへ歩いていき、腰を落とした。自分の仕事部屋とリオの書店に似たところがあることに、そのときはじめて気がついた。たとえばおんぼろの書架、脈絡のない本の並べ方、古ぼけた安楽椅子。今いるのが仕事部屋ではなく、リオの店だとしてもおかしくない。あまりに似ているので気づいていないだけ。あるいは自分の安楽椅子とリオの安楽椅子に同時にすわっているのかもしれない。もしかしたらあの店は時代がちがうだけで、ヤニスの部屋と同じ場所にあるのかもしれない。あるいはヤニスの部屋がなぜかふたつの物語のあいだで入れ替わり、あるときは彼の住まい、またあるときは旧市街のリオのところと変わっているのかもしれない。ひょっとしたら、家を出たあと、いつのまにか一周してこの家に戻っているだけなのに、ちがうところにいると思い込んでいる可能性もある。実際にはリオは存在しないとか。

夜中、朦朧とした意識の中で、『ドン・キホーテ』をひもときつづけた。そしてある会話がヤニスの目にとまった。

「自分が本当に魔法にかかっていると思い込んでしまうほど、あなたの頭がおかしいとは。騎士道物語を読むという愚にもつかぬ虚しい読書があなたにそれほどの影響を及ぼすことなどありうるものでしょうか」参事会員は偽騎士ドン・キホーテに言う。

ヤニスはその数行にざっと目を通した。ドン・キホーテに質問が雨あられと浴びせかけられる。たしかに騎士と竜といとしい姫君が雲霞のごとく存在して、聞きしにまさる冒険や権謀術数の数々が本当にあるなどと、どうして考えられたのだろう。ドン・キホーテはアーサー王、トリスタン、イゾルデ、ランスロット、スペインの国民的英雄エルシドが虚構だとみなされることに納得しない。もちろん歴史的に見ればむりもないのだが。実在しても、物語の中で大幅に尾ひれのついた人物だ、と参事会員は言い切る。それでもドン・キホーテは、これらの騎士道物語の登場人物たちにも「真実の断片」があると考える。「それがしのことでいうなら、遍歴の騎士となりてこのかた、勇敢になった」

真実の断片。文学事典では、セルバンテスについてどう書かれているだろう。ヤニスは文学事典をめくった。ミゲル・デ・セルバンテス・サアベドラの項があった。エインが話したことは嘘ではなかった。セルバンテスは兵士としてトルコとの戦いに従軍し、海戦で片腕が利かなくなり、海賊の捕虜となり、身請けされたのち投獄された。一六〇五年、ドン・キホーテの前編が世に出て大変な人気を博す。白昼夢ばかり見て、そのままそれを行動に移す騎士について書かれたこの小説は、当時人気のあった騎士道物語のパロディと評価されている。後編は十年後の一六一五年に出版された。だがセルバンテスは名をなした作家としての地位を長く享受することはできず、一六一六年四月二十三日、マドリードで死去した。

ヤニスは眉間にしわを寄せた。もう一度、記事をざっと読み直した。セルバンテスの没年月日に目が釘付けになった。一六一六年四月二十三日。この日付に覚えがある。

しかしリオとどういう関係があるのだろう。エインがこの三人の作家のあやしげな行動について話したのはなぜだろう。リオもまた他人から物語を盗んだ作家だったのだろうか。

一六一六年四月二十三日。

エインはおよそ四百年前、セルバンテスに会ったことになる。まあいいだろう。ヤニスが最近体験した不思議なことと比べればたいしたことはない。一六一六年四月二十三日。どうしてこの日付に覚えがあるのだろう。エインの話となにか関係している。エインによる突拍子もない話の中の別の場面だ。どうでもいい日付ではない。だがどうして知っているのだろう。なにか重要な歴史的事件が起きた日付だろうか。一六一六年といえば、地動説を唱えたニコラウス・コペルニクスの本が教会の異端審問にかけられ禁書にされた年だ。あれはたいへんな勇気を要する出版で、はからずも教会の説教より書物の方がはるかにうまく現実を再現することの証左となった。だがそれは年が同じだけだ。ヤニスははっとした。一六一六年四月二十三日はあの日じゃないか。

いきなり息をのみ、目を白黒させて文学事典を見つめた。心臓が早鐘を打った。この日付をどこで見たか思いだしたのだ。ヤニスはあわてて頁をめくった。

そして紙のめくれる音が消え、部屋がしんと静まりかえった。壁にかかっている時計まで突然、時を刻む速度が遅くなった。ヤニスはウィリアム・シェイクスピアの項を見つめていた。イギリスのストラトフォード・アポン・エイヴォンで一六一六年四月二十三日死去。セルバンテスが死んだ日と同じだ。

十七世紀には飛行機も鉄道もなかった。しかもスペインとイギリスのあいだには海が横たわっている。当時の通常の移動速度は、一日あたり五十キロがせいぜいだ。エインが同じ日にイギリスとスペインにいることは無理だ。

嘘をついたのだ。

アテネ

ジージーと微かな音をたてながら別世界が開いた。奇妙な世界だ。そこに足を踏み入れる者はみな別の存在になる。なんならエルフやトロルに変身し、妖しく輝く剣を携え冒険に出立することもできる。竜を何頭か殺し、大いなる謎を解き、幻想と魔法に彩られた物語の登場人物にもなれる。それにここでは、でぶがやせになり、ただのサラリーマンが有能なマネージャーに、老人が若者に、男が女に変われる。限界を知らない世界、だからその世界では無限の可能性が秘められている。

モデムのステータスランプが激しく点滅した。なにか警告しているかのようだ。デスクの端に置かれたパソコンをこのところほとんど起動していなかった。インターネットはクリックひとつで全世界とつなげてくれる。だがそのくらい本でも可能だ。しかも本ならベッド、バスタブ、市立公園と場所を選ばない。だが、いくらでも世界を広げられるサイバー空間に対して、本の世界には頁数《ページ》に限界があるから、比べるのが酷だ。

ヤニスはブラウザと検索エンジンを見つめた。なにから探そうか。手はじめに紙の妖精を検索した。「妖精」と「お伽噺」の検索結果は果てしなかった。ヤニスは満足してうなずいた。謎を解くことが目的だったが、いまでも妖精がたくさんヒットするのはいい徴候だと思った。ヤニスは検索窓をクリックして、カーソルをゆっくり戻した。「妖精」はそのままにして、「お伽噺」を「リオ」に換えた。

一致する情報なし。

それから一時間、思いつく限りの言葉で運を試した。リオの店。書店。書物。トルストイ。『アンナ・カレーニナ』。エイン。誘拐。失踪者。文学。天地創造。紙の妖精。切り紙の妖精。

一致する情報なし。

ヤニスはアテネの衛星写真を開いてリオの書店を探した。あの細い路地があるあたりには数本の木と数軒の商店があるだけだ。木の間に隠れてなにか建物が見えないかと思った。

なにもわからなかった。

ビジネス人名録や法務局の法人リストならリオの書店がのっているかもしれない。ヤニスはそっちのサイトをクリックした。

なにもわからなかった。

いったいどういうことだろう。リオは存在しないかに見える。それとも、インターネットで見つからないから現実にも存在しないと思うのは間違いだろうか。とにかくリオの失踪の謎を解く手掛かりが欲しい。なにか見逃したのだろうか。考え込みながら椅子の背にもたれかかった。マッチ売りの少女。あの子がなにか言っていた。警告のような言葉を口にした。

キーボードにあらためて指を置く。ヤニスは検索窓にもう一度「妖精」と入力し、それから「アーサー」と打った。

ヤニスが知りたいと思っていることとなんの関係もなさそうなものばかりが長々とヒットした。忍耐強く順にサイトを見ていった。そしてはっとした。検索結果のかなり後ろの方に、ちょっと気になる頁があったのだ。ヤニスはそのサイトを開いた。そして自分の目を疑った。そこに書いてあった内容で、ヤニスはたいへんな前進をした。とくに目を引いたのは古いモノクロ写真だ。そこには枝を指差す少女が写っていた。羽を持つ小さな妖精がその枝に止まっている。妖精はリオの店で見つけた切り紙と瓜ふたつだ。次の写真には問題のアーサーが写っていて、彼がオカルトにのめり込み、この妖精の写真を本物と思い込んだと書いてある。モニターからヤニスの目をまっすぐ見ている男は、シャーロック・ホームズの生みの親であるイギリスの作家サー・アーサー・コナン・ドイルその人だった。

アテネ旧市街

店内の書物に秩序がないことが仇《あだ》となった。どこから探せばいいかわからない以上、選択肢はふたつしかない。あきらめるか、適当なところから探しはじめ、運を天に任せるかだ。

ヤニスは入口近くの書架を手始めに、店の奥へと背表紙を順に見ていった。ドイルはおびただしい数の長編小説、短編小説を書いている。リオの文学の宝物庫にも一冊くらいはあるだろう。人生は探究の連続だ。よりによってこの書店でそれが失敗に終わるとは考えにくい。

昼になった。本の壁を縫って射し込む日の光で、店内が黄色い光に包まれ、店に舞うほこりが浮かんで見える。淡い黄色はヤニスの大好きな日中の色だ。その色は事物を柔らかくし、温もりを与える。世界の輪郭がすこしぼやけ、境界があいまいになり、可能性を広げてくれる。

背表紙に題名と著者名のない書物は最初から無視した。そうした書物はみな、シャーロック・ホームズの生みの親が出版した本よりも前の時代のものだからだ。探しているものが見つかるまで、ひたすら背表紙の題名と著者名を見ていくのみだ。

午後になり、リオの古い安楽椅子で小休止した。普通の書店に行って、書店員にドイルの小説を何冊かみつくろってもらったほうがいいかもしれない、とヤニスは考えたが、すぐにその考えを捨てた。トルストイの本も、ここで見つけた版に驚かされた。ドイルの本もこの店で探した方がいい。

午後も遅くなり、日が傾く頃、ヤニスは探しているものを見つけた。ドイル全集の一巻だった。ふるえる手で本を開くと、折りたたんだ紙片が落ちた。ヤニスはそれを床から拾い上げた。その紙は黄ばんでぼろぼろだったが、なんとか破かずに開くことができた。独創的な人間の手になる優雅な筆跡で書かれた手紙だった。しかし焦っていて、怯えているのが文字から読み取れた。

我がグラディスへ

わたしはどうなってしまったのだろう。きみがわたしの蔵書をかきまわし、この手紙を見つけるとき、わたしはもうこの世にいないはずだ。そしてもちろん、きみが関心を寄せるのはこの本に決まっている。そしてわたしがもうこの世にいないから、きみの中で疑う気持ちが目覚めるだろう。わたしがずっと本当のことを言っていたのではないか、と。あれがわたしの物語だったという証拠は、きみには見えない扉の向こうにある。だがそんなことをいっても詮無いことだ。きみにはその扉を開けることは叶わないのだから。わたしには扉が見えるが、きみはその壁の前でうろうろするだけだろう。きみの世界は限られている。多くのことは、よき物語の力を信じることでのみ開かれる。

わたしがこの手紙を破棄しなかったこと、それがアーサーによって殺されたことを示唆するだろう。おそらくきみは、そのことも信じようとしないだろう。きみは彼と気が合うようだからね。彼のことだ、自殺か自然死に見せかけるはずだ。彼なら殺人について熟知している。だが彼がしたことが気づかれずにすむわけがない。それは不可能だ。アーサーは自分で操ることのできるはずがない力に関わった。遅かれ早かれそのつけを払わされるだろう。そのときが来たとき、ぜひわたしのことを想ってくれ。わたしは狂っていない。狂っていたことなんて一度もない。多くの人が信じないことを信じているだけだ。これがもっと昔だったら、こうはならなかったかもしれない。昔は人間の人生も、物語に、つまりは神々と伝説、神話と言い伝えにもっと大きな影響を受けていた。当時なら、わたしの言うことももっと信じてもらえただろう。

それでもわたしはきみに感謝する。わたしをきみの物語の一部にし、しかも主役に抜擢してくれてありがとう。最後に、愛情もまたわれわれが知覚するものと現実が混ざりあったものだと言っておこう。信じるときにしか存在しないという意味において、愛情はよき物語と同じだ。

だからこうたずねよう。もしお伽噺を信じないのなら、どうして愛することができるのか、と。

わたしを愛してくれるかい、グラディス？

もう手遅れかもしれないな。

フレッチャー

ヤニスは考え込みながらその古い紙片を持つ手を下ろした。フレッチャーとグラディス、名前すら聞いたことがない。しかしアーサーはコナン・ドイルを指しているはずだ。あの有名な作家がこの手紙を書いた人物を殺《あや》めたということだろうか。ドイルなら、完全殺人はお手の物だろう。名探偵シャーロック・ホームズの生みの親なのだから、悪知恵にも長けているはずだ。しかも本業は医者。手掛かりを残さずに人を殺す方法を知っていても不思議はない。

しかしどうしてドイルは人を殺さなければならなかったのだろう。女王からサーの称号を授けられた作家が殺しに手を染めるほどのこととはなんだろう。それにリオとどういう関係があるのだろう。

古い手紙のこの一文になにかメッセージが込められているように思えてならない。「きみはその壁の前でうろうろするだけだろう」とフレッチャーは書いている。ここに手掛かりが隠されていそうだ。

アテネ旧市街

四面の壁。

だが壁は境界を示し、道を塞ぎ、知覚を制限するものではなく、破る対象だ、とヤニスは思った。壁から受ける第一印象とは裏腹に、壁は可能性を広げる。その壁を乗り越える勇気を持っていることが前提ではあるが。おそらく人生という舞台では、壁掛けの裏を覗くことが重要なのだ。

ヤニスははっとした。そういえば、小さな紙の妖精を見つけたところに壁掛けがあった。いままでその裏を覗いてみようと思わなかった。壁掛けの裏で待っているものは……どうせ壁だ。しかしフレッチャーの手紙が新たな可能性を生みだしてくれた。「物事の裏を見るのも悪くないわ」マッチ売りの少女の言葉が脳裡に蘇った。

胸をどきどきさせながら、ヤニスは書架にはさまれた通路に足を踏み入れた。左右に書物がずらっと並び、通路の終わりにある壁掛けへと通じる壁をなしていた。壁掛けは分厚い石壁にかかっていた。近くで見ると、壁掛けには色あせた泉の図が描かれていた。泉の水は蔦のからまる岩からほとばしりでている。小さなニンフがちょうどこの世に流れ込んだ小川の岸でヤニスを見つめているかのようにまっすぐ視線を向けている。すこし離れたところに兎《うさぎ》がすわっている。絵の端に雪のように白い花崗岩でできた古いベンチもあった。壁掛けはリングで古い棒にかけられていた。ヤニスはその壁掛けをそっと横にずらした。

背後には扉があった。鉄の鋲が打たれたとても古くて重い本の表紙のような扉で、ひび割れた褐色の革で作られていて、見慣れない模様が押されていた。その模様には昔、彩色が施されていたようだが、時の流れに洗われて、消えていた。

ドアノブも錠も見当たらない。あっても意味がなかった。というのも、この扉のもっとも奇妙なところは、それが本物でないことだ。扉は石壁に描かれていた。木枠と鉄の蝶番も描いたものだ。

ヤニスは偽りの扉にゆっくり手を当てた。硬い石の壁に触れると、柔らかい革のような感触がした。描かれた扉をどうやって開けたらいいのだろう。このところ謎が増えるばかりだ。この奥にはなにがあるのだろう。これは本への、それも、もしかしたら自分自身の物語への入口なのではないだろうか。本物ではなく、一見そう見えるように描かれたこの扉の奥にリオが消えた謎を解く鍵があるということか。「わたしは寄る辺ない道を行く」と足から血を流していた少女が言っていた。くぐりぬける場所でもあるこの扉は、境界を無視して、ふたつの世界がまざりあうよう誘っているのかもしれない。ちょうど一方の宇宙を、もう一方の宇宙の波が洗う海岸と同じように。

ただ問題は、この扉を開ける方法だ。内なる声が無理だと告げていたが、とりあえずその扉を手で押してみた。扉はびくともしなかった。ゆっくり腕を下ろし、ヤニスはかぶりを振った。リオと出会ってから、突拍子もないことばかり思いつくが、描かれた扉が開くなんて、どうして思ったのだろう。

そんなことが起きるのはふつうお伽噺や寓話の中、つまり物語の中だけだ。

ヤニスはおずおずと上着のポケットに手を入れ、厚紙でできた小さな箱を取りだした。そのマッチ箱をじっと見つめた。魔法のマッチだ、と少女は言っていた。

「電話番号はないよな」ヤニスはつぶやいた。マッチ箱にはなにも書き込まれていなかったので、あやうくマッチ箱の存在自体を見落とすところだった。

「やっと自分に自信が持てるようになったな」背後で声がした。

ヤニスが振り返ると、エインがそばにやってきた。

「なにを待っている。運試ししたらどうだ」エインはマッチの方を顎でしゃくって、期待のまなざしでヤニスの目を見つめた。

「リオをこの扉の向こうに連れ去ったのですね？」ヤニスはささやいた。

エインは大きくため息をついた。

「あなたの話に矛盾を見つけました」ヤニスは話をつづけた。その瞬間、そもそもエインの話は矛盾だらけだと思った。第一、現代の人間がセルバンテスに会うこと自体ありえない。

「聞かせてもらおう」エインは言った。

「あなたはセルバンテスとシェイクスピアに竪琴を聴かせたといいましたね。そこまではいいでしょう。しかしふたりは同じ年月日に死んでいます。同じ日に二カ所にいることは不可能です」

エインはうなずいた。「さすがだ。たしかにセルバンテスとシェイクスピアはともに一六一六年四月二十三日に死んだ。そして同じ日にイギリスとスペインにいられないというのも真実だ。それでも竪琴とわたしは、シェイクスピアとセルバンテスが死ぬところにいた」

「どうやったのですか？」

「きみの言い分に間違いがあることを教えたら、きみはこの扉を開けるかね？」

「いいでしょう！」

「きみはおそらく事典をひもといたのだろう。ふたりはたしかに一六一六年四月二十三日に死んだ。それでもシェイクスピアの命日はセルバンテスより十日遅い。それゆえスペインからイギリスへ移動する時間があった」

「どういうことですか?」

エインは相好を崩した。「簡単なことだ。一六一六年、ローマ・カトリック教の国スペインはすでに教皇が導入したグレゴリオ暦になっていた。一五八二年十月四日の翌日は五日ではなく、十五日とされた。ところが国教会の国イギリスでは、シェイクスピアの時代はまだユリウス暦だった。セルバンテスが四月二十三日に死んだとき、シェイクスピアの暦は四月十三日だった。イギリスでの一六一六年四月二十三日とスペインでの一六一六年四月二十三日には十日のずれがあったのだ」

ヤニスは下唇をかんで、しばらくエインを見つめてからうなずいた。「ではこの扉をくぐるほかないですね」そう言って、ヤニスはマッチ箱からマッチを一本だした。

「いやでなければ、お供しよう」そう言うと、エインは描かれた扉に近寄った。「もしかしたらわたしの助けが必要かもしれない」

ヤニスは意を決してマッチをすり、壁の近くへ近づけた。

パルナッソス山の南麓

パルナッソス山の麓の楽園には人の手が入っていなかった。切り立つ岩場のあいだに草地が広がっている。赤色と黄色と藤色が点在する花の海。ごつごつしたオリーブの木が太陽に向けて枝を伸ばしている。どこか地平線の彼方、梢と岩場の向こうで古代の円柱が頭を覗かせている。パルナッソス山の頂はまばゆく輝く雪におおわれていた。大地は自分たちの世界ではないとでも言わんばかりに、はるか高みの空を旋回する数羽の鳥が見える。

アーサーは満足そうにうなると、手をはたいて汚れを落とし、天を仰いで蝉の声に耳をすました。これでもう大丈夫だ。いずれにせよ彼の人生は。灰色にくすむ涼しいサセックス州の自宅から、太陽がさんさんと輝くギリシアへ旅してきただけの甲斐はあった。ようやく長年つづいた仕事の成果を味わうことができた。アーサーはカスタリアの泉が視界に入るまでゆっくり視線を落とした。岩にうがたれた窪みから泉が湧いている。内部に闇と冷たさしかない山塊から、泉が実の世界へと流れだしているのだ。実の世界に出てくるにはまだ不安があるのか、かすかに水音をたてている。物語を伴ってこの世界を流れていくにはまだか細い流れだ。アーサーは、せせらぎの音で心の中にいる無数の小さな存在が目覚めるのを感じた。そのひとつひとつが発想と夢と幻視と情熱ではちきれんばかりに満たされている。

リオが姿を見せなくなってから、アーサーはずっと捜しつづけてきた。この数年はどこか部屋の隅でちぢこまり、口髭をひねくり、ぼんやりと遠くを見ているだけだった。そしてリオに会いたい一心で降霊会にまで参加した。そのうち年を取ったが、リオに会うことは叶わなかった。

それも数年前、五枚のモノクロ写真を入手するまでだった。その写真がすべてを変えることになる。はじめはその写真の本当の価値に気づかず、ふたりの少女が自然の中で羽を持つ妖精を指差している写真にしか興味が向かなかった。数日前、アーサーはこの妖精が本物だと思って、妖精に関する記事を新聞に寄稿して、物笑いの種になってしまった。ところが最近本屋で古いお伽噺の本を覗いて、妙に見覚えのある挿絵を数枚発見した。例の少女たちはこの本から妖精を模写して切り取り、自然の中に置いて写真に撮ったのだ。小さな羽を持つ妖精が実際には存在しないとわかって、もちろん意気消沈した。しかし自宅でもう一度五枚の写真を見たとき、あることが閃いた。それはただの切り紙の妖精ではなかった。少女たちは世にも不思議な物語で現実《リアリティ》を豊かにした。少女たちは可能性を広げたのだ。

アーサーはさっそく旅立った。

アーサーは目をあげて泉の上の斜面にある祠《ほこら》を見る。明るい日の光を浴びている。近くの古代神殿跡を訪ねる観光客にとって、この祠はカスタリアの泉を讃えるものでしかない。入口をくぐると、そこは巡礼と信仰の場以外のなにものでもなかった。だがアーサーにはわかっていた。本当の物語で身を固めた者にとって、ここは別世界への入口なのだ。パルナッソス山の麓に伝わる言い伝えに従って、目をつむり、洞穴の扉をくぐった。ふたたび目を開けると、彼はリオの書店にいた。

そしていま、リオはすぐ後ろに横たわっている。手足を縛られ、木製の扉で閉ざされた洞穴に軟禁されている。入口の一部を、アーサーはすでに枝で見えないようにしてあった。すこし休んでからまた枝を集め、洞穴の前に被せた。これでもうリオは二度と見つからない。フレッチャーが死んでから二十三年、ようやくリオを排除した。彼女は永遠に岩穴に幽閉され、アーサーを倒す機会に恵まれることはないだろう。

パルナッソス山にて

不思議な扉の向こうは自然の中だった。燃えるマッチを壁に近づけると、描かれた扉がぼやけ、広い山腹が視界に広がった。自然と原始の匂いが店の中に流れ込み、宇宙は新鮮な泉の香気とまざりあった。日の光が店に射し込み、扉を照らした。ヤニスは意を決してそこを通り抜けた。

鳥と蝉が奏でる旋律に出迎えられた。まるでこのときのために用意されたかのようだ。心地よい風が髪を吹き抜けた。斜面のすこし下に、岩場からほとばしり出る小川が見える。時の流れの代わりになっているような水の流れだ。向き直ると、エインが小さな洞穴から日の光の中に出てきた。

「ここはどこですか?」ヤニスはたずねた。「なんだか知っているような気がします」

「そうでなくては困る」エインは言った。「パルナッソス山だ。そしてここにいるのはわれわれだけではない」エインは左の方を指した。すこし離れたところに、枝を拾う人の姿があった。ヤニスは、胃がきゅっとすぼまるのを感じた。口髭、きれいに分けた髪、二重顎。最近インターネットでこの男の写真を見た。

「あれがしばらく前から目をつけていた男だ。ここで待っていたまえ」そう言って、エインは岩場の向こうに姿を消した。ヤニスは藪に身を潜めて、ドイルを見つめた。機嫌の良さそうな表情でせっせと枝を拾っている。ヤニスはそわそわした。イギリスの名だたる作家がヤニスと同じようにこの時間の流れの止まった場所にやってきて、数メートル先にいるのだ。ドイルがリオの失踪に関係があるのはまちがいない。

そのとき、ドイルが突然動きを止めた。すかさず、すぐそばの藪の中から大きな影があらわれた。ドイルは顔面蒼白になった。

「こっちへ来たまえ」エインがヤニスに声をかけた。ヤニスが藪の中から立ち上がってふたりのところへ行くと、ドイルは不安げにちらっとヤニスに視線を向けてから、大きな目でエインを見つめた。

「紹介しよう」エインは言った。「偉大なるアーサー・コナン・ドイル殿。こちらはヤニス。彼は説明を待っている」

ドイルは汗をかきはじめた。一歩あとずさり、松の幹に背中をぶつけた。

「なんの話だね？」そうたずねたが、ちゃんとわかっているのは明らかだった。

「しらをきるなら、わたしから言ってやろう」そう言うと、エインはドイルを見つめた。「フレッチャーの件だ」

「フレッチャー?」

「死んだきみの友人ではないか。死んでからしばし経つがね」

「もちろん覚えている。一九〇七年にチフスにかかって死んだ」

エインは眉間にしわを寄せ、木に背中を当てたドイルの方へ足を一歩だした。まるでドイルの悪事もろとも、彼を脇に押しやろうとでもするように。ドイルの顔が引きつった。

「いいだろう」エインは脅すようにささやいた。「きみがすすんで話さなくても一向にかまわない。わたしはすでに真実を知っている。どうしても話さないというなら、わたしも黙っていないぞ」

ドイルの目が泳ぎ、エインが背負っている竪琴にちらっと視線をとめ、それからうなだれて足元の地面を見た。「一九〇一年夏のある晩のことだ。フレッチャーとわたしはノーフォークのあるパブでビールを飲みながら、小説の話をしていた。彼は小説の着想が閃いたと有頂天になっていて、すぐにでも形にしようとしていた。ベースは彼の故郷ダートムーアの古い伝説だ。大きな恐ろしい犬が登場して湿地を徘徊し、ある一族の者を襲う。怪奇小説にうってつけのネタだった」

ドイルは顔を上げてヤニスを見つめた。

「わたしの立場になってくれ。知りあったばかりの男が成功間違いなしの完璧な設定を披露してくれたんだ。すぐにこの不思議な物語を使って、血に飢えた犬の謎を解明する探偵小説に仕立てようと思った。ちょうど自分の小説の主人公シャーロック・ホームズを死なせて、シリーズを終えたところだった」ドイルは肩をすくめた。「そこで名探偵ホームズを復活させて、ダートムーアの話を元にホームズものを書こうと思いついたんだ。その話をきみも知っているはずだ」

「『バスカヴィル家の犬』」ヤニスはささやいた。ホームズものの中でも一番有名な作品だ。もちろん読んだことがある。

「怪談と名探偵。この組み合わせはいけると思った」ドイルはつっかえながら話をつづけた。「そしてわたしの勘は的中することになる。フレッチャーとわたしはダートムーアまで旅をし、いろいろ見てまわり、下調べをした。それからすぐ物語は雑誌にのり、そのあと本になった。シャーロック・ホームズは復活して、いままでにない成功を収めた」

「ただしきみの着想ではなかった」エインはささやいた。「フレッチャー・ロビンソンを共同執筆者にすると約束したのに、彼の着想を元にホームズものを書くことにして、約束を反故にし、作品をきみの名だけで公にした」

ドイルはかすかにうなずき、自分の足を見つめた。あいかわらず顔面蒼白だ。どうやら話はまだ終わりではないようだ。

エインは冷たいまなざしでドイルの目をじっと見据えた。「さて、その後の顛末をヤニスに語ってもらおうか。ここからが本当におぞましい話になる」

ドイルの口髭の先端がふるえだし、額に小さな玉の汗が浮いた。「そ、それは簡単には話せないことで」

「きみのような偉大な語り手にできないわけがなかろう」エインは言った。

「フレッチャー、あいつはしつこかった。本が大成功したから、腹を立てたんだ。あいつは妻のグラディスとつつましい暮らしをつづけ、わたしは女王からサーの称号を与えられた。あいつがうるさいので、わたしはどうしたらいいかわからなくなった。彼が真相を公にしたら、わたしは他人の物語を盗んで貴族になった作家ということになる。考えてみたまえ。わたしはおしまいだ」

「ああ、よくわかる。そこできみは別の解決方法を見つけた」

「ローダナム。アヘンチンキのことだ」ドイルはささやいた。「少量の摂取でも想像力を刺激するので多くの作家に愛用された。フレッチャーはその薬で死んだ。わたしは医者だ。長年毒物とその効果を研究してきた。使わない手はないだろう?」

エインはしばし押し黙った。こういうことを理路整然と言えることに、さすがにあきれたようだ。「そしてフレッチャーの妻と浮気して、犯行の片棒を担がせた」

ドイルはふたたびうなずいた。

「だが別の問題があることに、きみは思い至らなかった」エインは話をつづけた。

ドイルの口髭の揺れが激しくなった。

「ああ、リオのことだろう」

パルナッソス山にて

空の青がオレンジ色に染まりはじめた。時間という膨大なアンソロジーの中では一短編でしかない昼間が終わりを迎えようとしていた。夕暮れは夜へのとば口だ。物語はそこで停滞することもあれば、そこから本格的に動きだすこともある。

「リオをいかにして見つけたか話したまえ」エインは言った。

「写真だよ。ふたりの少女がお伽噺の本から妖精を模写して切り取り、自然の中に置いて写真に撮ったんだ。わたしはタネ本を見つけて妖精の絵を透写し、デスクに置いて写真に撮った。本物そっくりに撮れた。すると突然、実物の妖精があらわれた」

ヤニスは上着のポケットに手を入れた。「それはこれのことですか?」そうたずねて、ヤニスはドイルの鼻先にシルクペーパーの妖精を差しだした。

「それだ。どうやってそれを?」

「リオの店の床に落ちていました」

「そうか。ではそこで落としたようだな」

「リオを連れ去ったときにな！」エインが荒っぽく言った。「どうやってリオのところへ辿りつくことができたのか話してもらおうか」

「今話そうと思っていた。その妖精写真を見て閃いたんだ。ふたりの少女は実の世界をお伽噺、つまり物語で広げた。そのとき目から鱗が落ちた！　それがリオのところへ行く鍵だと。わたしは自分の世界に物語の世界を落とし込むことにした。そこがリオの住処だからだ。正確に言えば、神々と大神ゼウスの娘たちの世界をだ。神々の物語の舞台がどこにあるかは、しっかりした神話集を覗けばすぐにわかる」

「またしても自分の想像力を使わなかったということか」エインが語気荒く言った。

「ギリシア神話」ドイルは声をふるわせながらささやいた。「カスタリアの泉！　太古よりここは大神ゼウスの娘たちの棲まうところだ。古代にはここの霊泉が作家に力を添えた。そこに響く水音は詩文への霊感を与えるといわれてきた。リオに辿りつくのに、これ以上いい物語があるか？」

「エイン」ヤニスが口をはさんだ。「リオはだれなのですか？」

「当然の質問だ。そしてわたしもひとつ質問したい。リオはどこだ？」

パルナッソス山にて

観光客が勝手に入らないように取りつけられた木製の扉を開けると、狭い通路が地中につづいていた。かつて考古学者がデルポイの古代神殿跡を調べるために掘った地下道だ。入口の地面に錠前が落ちていた。ドイルが自分で用意した錠前をつけるために壊してはずしたものだ。

ヤニスがドイルの懐中電灯の取っ手をつかんで先頭を歩いた。後ろからエインがドイルをせっつくようにして歩きだした。一歩一歩地中に入っていく。地層が変わるたび、進化の新しい章へと踏みいった。もしかしたら地球全体が層をなす物語でできているのかもしれない、とヤニスは思った。ちょうどシルクハットからもうひとつシルクハットをだし、それからやっと白い兎《うさぎ》を取りだす魔術師の場合と同じように。そしてまさにいま、物語の核心に迫ろうとしている。

しばらく地下道を下ると、懐中電灯が洞穴を照らしだした。天井は木材で補強してある。錆びたツルハシが壁に立てかけてあり、地面に古い木箱の残骸が転がっていた。奥の錆びた寝台に、リオは横たわっていた。ドイルはリオの両手を縛り、足に鎖を巻いて、壁に固定していた。懐中電灯の光が闇を追い払うと、リオが目をしばたたいてヤニスを見た。

「来てくれたのね。うれしいわ」そう言って、リオはにこっとした。ヤニスも微笑みを返して近寄った。

「鍵をよこしたまえ」エインが背後で言った。「感謝する。では、見えるようにそこの地面にすわっていたまえ」

エインはヤニスの手に鍵を渡した。鍵はリオの足にくくりつけられた鎖の錠前にぴったり合った。ヤニスはリオの手も自由にしてやった。

リオはすぐに体を起こして顔にかかった髪を耳に引っかけた。表情は明るく、不安そうな様子は微塵もなかった。まるでなにもなかったかのようだ。洞穴の闇の中で朽ち果てる恐れもあったのに、すこしも心配していなかったようだ。今回も、こうなると予測していたのかも知れない。

「大丈夫か?」エインがたずねると、リオはうなずいた。

「リオ」ヤニスはかぶりを振った。「これはどういうことなのか教えてください。あなたはだれなのですか?」

「物語を見つけ、書きしるすよう鼓舞するのがわたしの役目なのです。わたしがいなければ、この世に書物は存在しないでしょう。そして書物がなければ、人は希望を失う。愛の奇跡や信仰の力や夢の力を実感させる物語がないなら、どうやってその存在を信じられますか」

「芸術の女神ムーサ、そうなのでしょう?」

「そのひとりカリオペー（叙事詩を司る女神）よ」うなずいて、リオは笑みを浮かべた。

「ではあなたは寓意《アレゴリー》なのですね!」

リオは肩をすくめた。

「いけませんか?　寓意が身体を持ってはいけない、とだれかが言っていますか?　実際のところ、正義の女神ユスティティアとか、霜の妖精ジャックフロストとか、愛の神アモールとか、たくさんの寓意が具体的な姿を取っているではありませんか」

ヤニスはどう応えたらいいかわからなかった。

「いいですか」そう言って、リオは目配せした。「人はわたしから霊感をもらおうとします。物語を生みだす欲求を覚えると、わたしを呼ぶのです。あなたの場合もそうでしょう」

「ぼくも?」

「覚えていないのですか?　あなたは自分で物語を紡ぐ夢を見たとき、わたしのところへ至る道を見つけました。新たな道を歩みたいと願ったとき、あなたはわたしの店に漂着しました。自分の人生を世にも不思議な物語で豊かにしたかったのでしょう。なぜなら人生もまた本のようなものだからです。そして望むなら、自分だけの物語の流れを自分で操ることもできるのです」

「あなたの店にトルストイという方が来ました」

「わたしがこの洞穴に閉じ込められてから、物語が思うように浮かんでこなくなったのでしょう」

「そのようですね」

「物語にも人生にも霊感が必要です。重要な人物が欠けたり、動機が弱かったりすると、先にすすめません」リオはにこっとした。「でもわたしが戻れば、あの方もアンナを物語の主人公にする勇気と気力がもっと持てることでしょう」

「最近気づいたことですが、似通った文学のヒロインがたくさんいますね。みんな、あなたの店を渉猟して、お互いに意見交換しているのではないかと想像したのですが」

「着眼点がいいですね。ぜひその話を本にしてください。本当をいうと、たくさんの小説に登場する女性たちが似ているのはわたしのせいと言えそうです。ただしお互いに意見交換したのではなく、彼女たちを創造した作家たちが同じひとりの女性から霊感を得たからです」

「あなたからですね！」

「でも、わたしはただの象徴です。ムーサに恋をする人は、もちろんひとりの女性に恋をするわけではありません。わたしたち、本の冒頭について話をしましたね。『よりによって書店で火がつくとは』。わたしの店に足を踏み入れる人は、本を書くことに恋をするのです」

ヤニスはエインの方を向いた。

「はじめはあなたが恋仇だと思いましたが、あれはたしかに間違っていたようですね」

「それはありえない」エインは言った。「リオはわたしの母だからな」

「あなたの母？　あなたはいったい」

「本当の名はオルフェウス」

「あの伝説の？」

「いかにも。だからリオとわたしは、わたしたちの存在を信じてくれる人間を必要としている。そのときはじめて力が持てるのだ。リオは人間が物語る手伝いをし、わたしはその物語が他人に盗まれないように目を光らせる」

ドイルが顔を上げて、エインを見つめた。

リオはヤニスの肩に手を置いた。ヤニスがそちらを見ると、リオはエインとドイルと共にヤニスがやってきた穴に顔を向けた。

「地上に出ましょう」そう言うと、リオは立ち上がって、ヤニスの手を握った。「地上ですることがあります」

ヤニスはうなずいた。これからなにをすることになるか、わかっていた。

パルナッソス山にて

「覚悟はできましたか？」リオはたずねた。

ヤニスはうなずいた。これほど覚悟を固めたのは生まれてはじめてだ。きっとこれまでの人生とそこで起きたすべてのことは、まさにこの瞬間のためにあったのだ。なにひとつ変えることはない。だがすべてが変わる。

「ふるえていますね」リオはささやいた。「恐いのですか？」

「すこしだけ」ヤニスは小さな声で言った。

「まあ、そういうものです」

「もう平気です」ふるえが収まった。

「改まってなにかをする必要はありません。そのままでいいのです」

「がんばります」

「ええ、あなたならできます」リオは言った。

ヤニスはうなずいて、期待を込めてリオを見つめた。沈みゆく太陽の光の中、リオが目の前に立っている。彼女のまなざしがヤニスの魂と深くつながり、彼女の指がやさしくヤニスの手を包んだ。リオを見つけ、彼女に受け入れられるのが無性にうれしかった。はじめて店で出会ったときに、彼女が身にまとっていた魔法は、まったく力を失っていなかった。むしろその力は強まってさえいる。リオがゼウスとムネーモシュネーの娘であり、あらゆるものを生みだした大地の女神ガイアが祖母だとわかったからだ。

洞穴の奥からエインの奏でる竪琴が聞こえた。ただし今回はヤニスのために演奏したものではない。すぐそばではカスタリアの霊泉が地の底にあるとされる架空の世界から湧きだし、あたりが清涼で自然な匂いに包まれていた。リオは動かなかったが、ヤニスに近づいてくるように思えた。ヤニスは地中に赴き、リオの枷を解いた。今度はリオがヤニスの縛めを解く番だ。黒髪が風に揺れ、白いチュニックにまとわりついた。リオの瞳はふたつの黒い湖になり、ヤニスはその中に沈んでいった。リオが微笑んだ。

眩暈《めまい》を感じて、ヤニスは目を閉じた。

なにかが起きた。

足元の小川が実の世界からそれ、ヤニスの内奥に直接流れ込んできた。ヤニスは驚かなかった。創造性とは流れの過程と同じなのだ。ささやかな細流が溢れかえる奔流となり、感覚と知覚をことごとくのみ込む。彼の中のすべて、これまで中身が空で意味のなかったものがすべて満たされた。造形力と豊富な着想、想像力と情熱が大波となってヤニスの中に押し寄せてきた。境界が消し去られ、いきなりすべてが可能になった。時間旅行、実の世界に生きるお伽噺の登場人物、人の言葉を話す動物、空飛ぶ絨毯、魔法のランプ、魔剣、竜、人魚、寄る辺ない恋、どこがいけないだろう？　リオの唇がヤニスの口に触れたかどうか定かではないが、ムーサの口づけは、溢れんばかりの霊感に眩暈を起こすほど興奮することのメタファーだ。ヤニスは情愛と官能にうちふるえ、ひっそりと立つ木の梢のささやき声を耳にし、命を育む自然のさまざまな匂いをかぎ、果てしなく遠い星が閉じた目の中でまたたくのを見た。おびただしい数の着想が小さな彗星のように降りそそぐ。数百に及ぶ魅力に満ちた物語が脳裏に浮かんだ。その物語のおかげで、この世の五感はこの世のものとは思えない大いなる感覚へと昇華する。どんな扉の奥にも、ヤニスは何千もの可能性を見いだした。

印象、認識、経験、体験からなる花火によって、ヤニスは見た。

自分の姿が見える。リオの高机にあった包みを手に取り、不思議そうに見つめている。小さな目立たない包みはなんの変哲もない紐でくくられていた。

アテネの海岸

ヤニスは足に砂を、胸に人生を感じていた。波が大地を洗う。あたかも海が大地にあまねく染み込もうとするかのごとく。空では風に舞いながらカモメが鳴いている。棒きれをくわえた大きな犬がヤニスのそばを駆けていき、そのあとから男が笑いながら追いかけていった。子どもたちが凧上げをしている。その凧は大地からの使者でもあるかのように宙を舞い、上空から大きなふたつの目でいつもとちがう世界の眺めを味わっているように見える。遠くから少女と少年がやってきた。ふたりは笑いながら裸足で水際を走っていた。少女がはしゃいで、頭上を旋回している囀《さえず》る魚を指差した。少年は少女の両手の動きに耳を傾けながらしきりにうなずいた。少年はズボンをたくし上げて、少女にぴったり寄りそって歩いている。少女は空色の服を身にまとっている。そしてヤニスに気づくと手を振った。

砂丘の近くで、ヤニスは砂地に腰を下ろした。太陽は水平線で懸垂をして、顔を真っ赤にしている。もうすぐ浜辺から人が去り、静かになるだろう。今こそそのときだ、とヤニスは思った。しばらくのあいだ息を吸って吐きながら、彼方に消えていく少女と少年を見送った。

それから本を買うときに持ち歩いている小さな袋をつかみ、小さな包みを取りだした。その包みをそっと膝にのせ、添えられたカードを見てにっこりした。そこには「ヤニスに捧ぐ」と書かれていた。紐をほどいてはずし、布を開く。思ったとおり一冊の本が包まれていた。表紙は革装だ。ひび割れていて、不思議な模様が押されている。すこしだけ扉のように見えた。

その本の中身がなにかは、なんとなくわかっていた。そっと開いてみて、頁《ページ》をぺらぺらめくってみる。頁は白紙だった。

なるほど、と思いながら、ヤニスは万年筆をだすと、その本にかがみ込んで最初の一文を書いた。

「一九〇七年、運命は文学に味方した」

ヤニスは目を上げて、海を眺めた。物語はイギリスからはじめ、自分の体験をたっぷり織り込むつもりだ。

そうすれば、もしかしたらその物語がヤニスに感謝して、彼の人生になにか働きかけてくれるかもしれない。

第三部

トリンカ

アテネの市立公園

大きな松の梢を透かして射し込む夕べの陽光で、公園はうっとりするような光に包まれていた。好奇心に満ちた指のように光の束が地面を探り、小さな木漏れ日が草むらを照らす。あたかも一本一本の草がこの大きな緑色の舞台で主役を演じ、スポットライトを浴びているかのように。梢の中で、迫り来る夕暮れを告げる鳥の囀《さえず》りが聞こえた。人々が公園を散策している。すこし離れたところに、少女がひとり、首から下げた真新しいボードを腹のあたりで抱えている。ヤニスがそばを通りかかったとき、ちょうど女の客がマッチをたっぷり買っていた。少女はヤニスに微笑みかけると、また客の方を向いた。

ヤニスはいつものベンチにすわり、芝生をジグザグに走る雪のように白い兎《うさぎ》を満足そうに見つめた。そろそろシルクハットからもうひとつシルクハットをだし、そこにどんな物語が秘められているか明らかにする頃合いだ。お伽噺の中でも白眉と言える話を実の世界に取りだす潮時だ。

長く待つ必要はなかった。彼女はまっすぐベンチへ歩いてきた。いつもはポニーテールにしている赤味がかった金髪が、そのまま肩にかかっている。ヤニスが花形のティーカップに入れた贈り物を手にしている。ひときわ豪華なバラの品種ローゼンフェー（ドイツ語で「バラの妖精」の意）のシルクペーパーのように柔らかな花びら。

給仕の仕事で足が痛くなったのか、靴を手に持って裸足で歩いていた。ベンチのそばで立ち止まり、靴を地面に置いた。彼女はコーヒーの香りがした。

「あなたがヤニス？」彼女はそうたずねてにっこりすると、たおやかな手を差しだし、ヤニスの膝にのっている本を見た。

「ヤニスです」彼は答えた。彼女がなにか言ったが、まさかさらに話しかけてくると思わなかったので、うっかり聞きそびれてしまった。ヤニスがきょとんとしているのを見て、彼女ははにかみながら、もう一度言った。「わたしの手。これからもよろしく」

「ここにすわりませんか」そう言って、ヤニスは彼女の手を取った。彼女は隣にすわった。

「来てくれてうれしいわ」彼女は、いまやってきたのが自分ではなく、ヤニスであるかのような言い方をした。「わたしはトリンカ」彼女の緑色の瞳がエメラルドの湖のように輝いている。顔にかかった巻き毛を払って耳にかけた。その色っぽい仕草に、ヤニスはうっとりした。トリンカが一瞬、目をつむった。そして生まれてこの方一度も焦ったことがないおっとりした人らしくゆっくりと目を開けた。彼女はしばらくのあいだ目を閉じ、世界を見なくても平気な人なのだ。目尻を見れば、笑いに溢れた人生を過ごしていることがわかる。知恵がつき、繊細なしわがついていてもほとんど気にしない人なのだ。

「なにを読んでいるの？」トリンカはたずねた。

「わたしの人生です」そう言って、ヤニスは顔をほころばせた。「でも読んでいるのではなく、書いているんです。いままさに世にも不思議な物語が生まれるところです」

著者の注記

二〇〇八年九月、イギリス南西部のエクセター教区がイップルペンの墓地のある墓をひらくことを拒否した。その墓に眠るバートラム・フレッチャー・ロビンソンの遺体を発掘することは許されなかったのだ。一九〇七年一月、サー・アーサー・コナン・ドイルの友人である彼はロンドンで死んだ。だが死因は？

公式にはチフスとされているが、イギリスの作家で在野の研究者ロジャー・ギャリック－スティールは、ドイルが『バスカヴィル家の犬』の素材をフレッチャーから盗んだ上で、その盗作の事実を闇に葬るためにフレッチャーを殺害したと主張している。[*] スティールによれば、ロビンソンの妻で、ドイルと男女の関係だったグラディスが犯行の手助けをしたという。著者がまとめあげた間接証拠は膨大な数に上り、イギリスで数年にわたって物議を醸すほどの信憑性があった。

ドイルはすでに名探偵シャーロック・ホームズを滝壺で死んだことにしてあったため、『バスカヴィル家の犬』はホームズが死ぬ以前の出来事にした。だが『バスカヴィル家の犬』の成功で人気が再燃し、ホームズは復活を果たすことになる。ドイルが次に書いた。『シャーロック・ホームズの帰還』では、じつは滝には落ちず、はい上がって、復讐に駆られる敵の追及を逃れるため死んだふりをしていたという設定になっている。

はたしてロビンソンがドイルに『バスカヴィル家の犬』を着想させたことは文学研究上、論を待たないだろう。ロビンソン自身は、作品制作への協力を「アシスト」と呼んでいた。しかしドイルが盗作の事実を隠すために殺人を犯したという推理は空想の域を出ないだろう。

それに対して、ドイルが鵜呑みにしてしまった偽の妖精写真、彼の心霊主義への傾倒といったエピソードは空想の産物ではない。エドガー・アラン・ポーもある日、奇妙な服を着た状態で路上で発見され、レイノルズの名を呼びながら死んだ。レイノルズがだれを指すのかはいまもって明らかになっていない。ポーが関わった本で生前もっともよく知られていたのが、貝類に関する教科書だが、じつは前文を書いていたにすぎないというのも本当だ。だからといってもちろん、ポーがセルバンテスやシェイクスピアと肩を並べる大作家であることが貶められることはない。

シェイクスピアの同時代人で、有名な作家だったクリストファー・マーロウの死を巡っても、諸説入り乱れている。その中に、女王の密偵として活動し、イングラム・フライザーによって刺し殺されたように見せかけたのは女王の指示だったという説がある。この説ではマーロウはその後も作品を書きつづけ、それによってシェイクスピアが名を上げたとされている。マーロウが女王のために働いたのは事実とみられるが、いったいどのような諜報活動に従事したかは霧の中だ。フライザーが事件後まもなく女王の恩赦で釈放されているため、たしかに陰謀説を唱える余地がある。それに反して、セルバンテスが海賊に捕まり、何年も牢につながれていたというエピソードは、彼が作家業で挫折したという話と同様に眉唾だ。アルジェで同房の虜囚から『ドン・キホーテ』の元原稿を盗み取ったというエピソードもフィクションだ。他方、この世でもっとも唾棄すべき書『魔女への鉄槌』は、悲しいことだが本当に存在する。ドレフュス事件に際して「我弾劾す」と題する公開質問状を書いて有名になったエミール・ゾラが煙突掃除人によって殺害されたのも、おそらく事実だ。一九〇二年、ゾラは睡眠中に一酸化炭素中毒で死亡した。一九二八年、アンリ・ビュロンフォッスという男が死ぬ直前、ゾラを殺したと友人に告白している。ビュロンフォッスはゾラの寝室の煙突を石膏の詰め物でふさいだのだ。動かぬ証拠はないものの、この煙突掃除人は複数の極右ないしは反ユダヤ組織に加わっており、そうした間接証拠からゾラを殺害した犯人とみられている。

文学とは何か、真実とは何か、それをはっきり区別することは今日、多くの作家において困難だ。いや、それだけでなく、アーサー王、スペインの英雄エルシド、鉄仮面（この物語も実際の出来事に基づいている）などの物語上の登場人物たちも、虚実ないまぜであり、事実と虚構を解きほぐすことは困難であるか、もはや不可能だ。物語の海が岸に打ち寄せ、現実という固い大地を柔らかくすることで、物語上の登場人物たちはまさに生きるのだ。もちろんこうした神話の形成にはマインドコントロールの危険もなくはない。

しかし物語には他にもできることがある。鳥を囀《さえず》る魚にすることもできるし、道を遮る壁がドアになり、見ることが叶わないと思われているものに辿りつく道が思いがけなくひらかれることもあるのだ。物語は現実の香辛料だといえる。

＊『コナン・ドイル殺人事件』ロジャー・ギャリック‐スティール　南雲堂

訳者あとがき

日頃、翻訳中毒だと言っているくらい、翻訳を通して本の世界に入り込むときが無類に楽しい。そんな中でも本書の翻訳にはとくに熱中した。というのも、主人公ヤニスが他人に思えなかったからだ。本の虫というだけでなく、本棚の本の並びまでぼくの本棚を見ているようなのだ。

文中にこうある。

「蔵書を色別とか、ジャンル別とか、判型とかで分類する習性のある人間などここにはいない。蔵書は理路整然と並べられてはいない」

ぼくの場合も表面的なルールがまったくうかがえない。もちろんそれなりの理由があるのだが。仕事場のL字形デスクの袖に現在立てている本を右から順にあるがままに列挙するとこうだ。『精選版日本国語大辞典』、写真集『Hiroshi Sugimoto』、『京都町屋の坪庭』、マン・レイの写真集『Perpetual Motif（連続するモチーフ）』、ミュンヘンのナチ時代の建築物集『Ort und Erinnerung（場所と記憶）』、サルガドの写真集『Genesis（創世紀）』、そしてヒトラーの『Mein Kampf Eine kritische Edition（我が闘争批判版）』全二巻。

もしあなたが、同じような蔵書の並べ方をしていたら、この本はきっと当たりだ。そうでない方で、こんな本の集め方、並べ方をする人の蔵書を見て、どうしてだろうと気になったとしたら、その答えが本書の中で見つかるかもしれない。

ぼくは他人の本棚を覗くのが好きだ。持ち主の脳内世界がちょっと垣間見えるからかもしれない。覗くのが好きな人はきっと多いはず。本書でも、主人公ヤニスを通して作者アンドレアス・セシェの脳内世界が透けて見えてくる。繰り返すことになるが、ぼくにはその脳内世界に既視感があった。本の中の主人公たちがお互い交流しているところを主人公が想像するあたりも、そうそうと思う。昔、本棚にいつのまにか本が増えていることを友人と話しながら、本のあいだで恋が芽生え、「子ども」ができているんじゃないかと冗談まじりに盛り上がったことを思いだす。

『囀《さえず》る魚』という奇妙な題名の本書は、本好きのための物語だといえる。最後まで読むと、声帯のない魚が囀るということの意味がそこはかとなく感じ取れるだろう。主人公はギリシアのアテネに住む若者。典型的な本の虫だ。ある日、その若者がひょんなことからリオと名乗る女性の営む古い本屋を訪れる。ふたりの会話を通して、たくさんの本が言及され、本作りの蘊蓄が披露される。シェイクスピアやセルバンテスやポーの虚実ないまぜの逸話は秀逸だ。そして主人公自身がやがて思いがけず、神話の世界へ迷い込んでしまう。作品世界は知性とロマンチシズムが絶妙なバランスで融合している。詩的にして哲学的、知的かつ魔術的。翻訳に際しても、その振り幅を丁寧に辿りながら浮かびあがる訳文にするよう心がけたつもりだ。

セシェは一九六八年、ドイツのニーダーライン州に生まれ、マールブルク大学で政治学、法学、メディア学を専攻したあと、大手雑誌社グルーナー＋ヤール社で十二年ほどジャーナリストとして活躍し、それから作家として独立した。

これまで以下の三作を発表している（本書以外は仮題）。

二〇一一年『Namiko und das Flüstern』（ナミコとささやき声）

二〇一二年『Zwitschernde Fische』（囀る魚）本書

二〇一三年『Zeit der Zikaden』（蝉時雨《せみしぐれ》の刻）

最初の作品『Namiko und das Flüstern』（ナミコとささやき声）は著者の日本滞在を踏まえた作品だ。日本を訪れたドイツ人「わたし」による一人称小説で、京都、石垣島などを舞台に「わたし」とナミコの出会いが語られるなかなか切ない物語だ。ドイツ人による日本を描いた作品は近年増えている。ドイツの刑事が日本に出張してくるミステリや、福島の原発事故を絡めたものまである。その中でも禅の公案や禅庭などの蘊蓄が作品世界にうまく溶け込んだ本作は出色だろう。ドイツ人というフィルターを通して見えてくる日本が興味深い。

三作目の『Zeit der Zikaden』（蝉時雨の刻）は、バイオリン弾きの若者を主人公にして、オリエントの香り漂う架空の独裁国家シラケュ（シラクサとマラケシュの融合か？）を舞台に語られる音楽と愛と革命を巡る小説だ。全体が五十六楽章からなっていて、各楽章にはアダージョ（ゆるやかに）、ドロローソ（悲痛に）、アニマート（活気をもって）などの音楽用語が付され、全体がひとつの交響曲のように仕立てられている。ちなみに題名にある「蝉」だが、本書『囀る魚』に「古代ギリシア文学で雄弁と歌の象徴とされた蝉」という一文がある。それを受けた物語ともいえるだろう。

禅庭、文学、そして音楽という人間の営みとしての芸術と、それを通して生じる人の邂逅と情念を描いているのがセシェ文学だといえる。一作目は松永美保訳、三作目はぼくの訳で順次お届けする予定になっている。ご期待いただきたい。

二〇一六年春　　酒寄進一

本書で紹介された書籍（本文中の注において言及された書籍は除く）

『戦争と平和』トルストイ　新潮文庫　他
『コレラの時代の愛』ガルシア＝マルケス　新潮社
『アルケミスト』角川文庫ソフィア　他
『ジャンヌ・ダルクの生涯』アナトール・フランス（邦題『ジャンヌ・ダルク』早稲田大学出版部）
『室内楽』ジェイムズ・ジョイス（邦題『室内楽　ジョイス抒情詩集』白凰社）
『母』マクシム・ゴーリキー　岩波文庫　他
『ニルスのふしぎな旅』セルマ・ラーゲルレーヴ　福音館書店　他
「たんぽぽ殺し」アルフレート・デーブリーン（『たんぽぽ殺し　デーブリーン短編集成』所収　河出書房新社）
『アンクル・トムの小屋』ハリエット・ビーチャー・ストウ　明石書店　他
『ニーベルンゲンの歌』ちくま文庫　他
『クオ・ヴァディス』ヘンリク・シェンキェヴィッチ　福音館書店　他
『ジュリアス・シーザー』シェイクスピア　新潮文庫　他
『ジャングル・ブック』ラドヤード・キプリング　岩波少年文庫　他
『エデンの園』アーネスト・ヘミングウェイ　集英社文庫
『白い国籍のスパイ』J・M・ジンメル　祥伝社
『はらぺこあおむし』エリック・カール　偕成社
『ロミオとジュリエット』シェイクスピア　新潮文庫　他
『千一夜物語』（『千夜一夜物語バートン版』ちくま文庫　他）
『魔女への鉄槌』ハインリヒ・クラーマー【原題Malleus Maleficarum】未邦訳
『ドクトル・ジバゴ』ボリス・パステルナーク　新潮文庫　他
『我が足を信じて極寒のシベリアを脱出、故国に生還した男の物語』ヨーゼフ・マルティン・バウアー　文芸社
『ウォーターミユージック』T・C・ボイル【原題Water Music】未邦訳
『オリエント急行殺人事件』アガサ・クリスティー　角川文庫　他
『ごきげんなライオン』ルイーズ・ファティオ／文　ロジャー・デュボアザン／絵　BL出版　他
『白鯨』メルヴィル　角川文庫　他
『イーリアス』ホメロス　岩波書店　他
『オデュッセイア』ホメロス　岩波書店　他
「三人の女」ローベルト・ムージル（『三人の女・黒つぐみ』所収　岩波文庫）

『情事の終り』グレアム・グリーン　新潮文庫　他
「姉妹」「恩寵」ジョイス（『ダブリン市民』所収　新潮文庫　他）
『海の狼』ジャック・ロンドン　トパーズプレス
『生意気な神』シュテン・ナドルニー【原題 Ein Gott der Frechheit】未邦訳
『正直な嘘つき』ラフィク・シャミ【原題 Der ehrliche Lügner】未邦訳
『静かな娘』ペーター・ホゥ【Den stille pige】未邦訳
『ヒマラヤ杉に降る雪』デイヴィッド・グターソン（邦題『殺人容疑』講談社文庫）
『愛の港』ブノワト・グルー　扶桑社
『デイヴィッド・コパフィールド』ディケンズ　新潮文庫　他
『アンナ・カレーニナ』トルストイ　新潮文庫　他
『生命の火花』エーリッヒ・マリア・レマルク（邦題『生命の火花　ドイツ強制収容所の勇者たち』彩流社）
「ノートルダム・ド・パリ」（『ヴィクトル・ユゴー文学館　第5巻』所収　潮出版社　他）
『フランケンシュタイン』メアリー・シェリー　新潮文庫　他
『美女と野獣』ボーモン夫人　角川文庫　他
「赤ずきん」「狼と七匹の子やぎ」（『グリム童話全集』所収　西村書店　他）
『ホテル・ニューハンプシャー』ジョン・アーヴィング　新潮文庫　他
『星の王子さま』サン＝テグジュペリ　新潮文庫　他
『怒りの葡萄』スタインベック　新潮文庫　他
『カッコーの巣の上で』ケン・キージー　白水社　他
『エフィ・ブリースト』フォンターネ（『罪なき罪――エフィ・ブリースト』岩波書店　他）
『ヴォイツェク』ゲオルク・ビュヒナー（『ヴォイツェク　ダントンの死　レンツ』所収　岩波文庫）
『ファウスト』ゲーテ　新潮文庫　他
『ボヴァリー夫人』フローベール　新潮文庫　他
『ナンタケット島出身のアーサー・ゴードン・ピムの物語』エドガー・アラン・ポー（『ポオ小説全集2』所収　東京創元社）
『宝島』R・L・スティーブンソン　福音館文庫　他
『ドン・キホーテ』セルバンテス　岩波文庫　他
『バスカヴィル家の犬』コナン・ドイル　新潮文庫　他
『シャーロック・ホームズの帰還』コナン・ドイル　新潮文庫　他

アンドレアス・セシェ　Andreas Séché
1968年生まれ。大学で政治学、法学、メディア学を学ぶ。ジャーナリストであり、新聞社で働いた経験がある。ミュンヘンの科学雑誌の編集者を数年間つとめた後、デュッセルドルフ近郊にある故郷へ戻り、パートナーと田舎に暮らしながら小説を書いている。日本を頻繁に旅行し、東京、京都、日本文化に魅了される。作品は本書のほかに、京都の庭にインスパイアされて書いた『ナミコとささやき声』『蝉時雨の刻』がある（ともに小社より刊行予定）。

酒寄　進一　（さかより・しんいち）
1958年茨城県生まれ。和光大学教授・ドイツ文学翻訳家。
主な訳書にシーラッハ『犯罪』『罪悪』『コリーニ事件』『禁忌』『カールの降誕祭』、ノイハウス『白雪姫には死んでもらう』、クッチャー『濡れた魚』、グルーバー『月の夜は暗く』、ギルバース『ゲルマニア』、マイヤー『魔人の地』、イーザウ『盗まれた記憶の博物館』、グリム原作『ラプンツェル』など。

囀《さえず》る魚
2016年6月1日　初版第1刷発行

著　者＊アンドレアス・セシェ

訳　者＊酒寄進一

発行者＊西村正徳

発行所＊西村書店 東京出版編集部
〒102-0071 東京都千代田区富士見2-4-6
TEL 03-3239-7671　FAX 03-3239-7622
www.nishimurashoten.co.jp

印刷・製本＊中央精版印刷株式会社

ISBN978-4-89013-726-8　C0097　NDC943

西村書店 図書案内

水の継承者ノリア

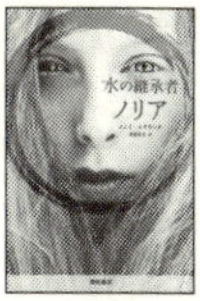

E・イタランタ［著］ 末延弘子［訳］

四六判・304頁 ●1500円

技術や資源が失われた世界で茶人の父の後を継いだノリアは、軍の支配が強まる中、自らの使命と窮乏する村人や親友の間で揺れ動く。フィンランド発、水をめぐるディストピア小説。

国際アンデルセン賞画家、イングペンによる表情豊かな挿し絵。カラー新訳 豪華愛蔵版！

不思議の国のアリス

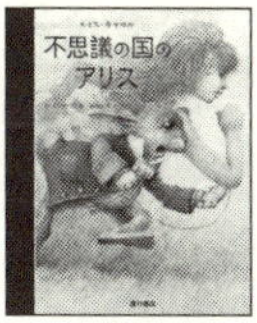

L・キャロル［作］ R・イングペン［絵］ 杉田七重［訳］

A4変型判・各192頁 ●各1900円

アリスがウサギ穴に落ちると同時に、読者もまた想像の世界へ。白ウサギや芋虫、帽子屋など、忘れがたいキャラクターとともに、アリスの冒険物語は世界中で愛されつづけています。

鏡の国のアリス

鏡を通り抜けて、チェスの国へ。アリスはハンプティ・ダンプティやユニコーンたちに出会いながら、チェスの女王になることをめざして進みます。『不思議の国のアリス』の続編です。

アンデルセン童話全集〈全3巻〉

D・カーライ／K・シュタンツロヴァー［絵］ 天沼春樹［訳］

A4変型判・536頁〜576頁 ●各3800円

カラー完訳 豪華愛蔵版

国際アンデルセン賞受賞画家とその妻がアンデルセンの童話156編すべてに挿し絵を描いた渾身の作。カラー完訳全3巻！

オクサ・ポロック〈全6巻〉

①希望の星 ②迷い人の森 ③二つの世界の中心

④呪われた絆 ⑤反逆者《フェロン》の君臨 ⑥最後の星

A・プリショタ／C・ヴォルフ［著］ 児玉しおり［訳］

四六判・352頁〜656頁 ●各1300円

13歳の女の子オクサ・ポロックの周りで不思議な出来事が起こり始める。やがて自らの身の上に隠されたとてつもない秘密を知り…。図書館司書の著者2人が自費出版で世に送り出し、子どもたちの熱烈な支持を受けベストセラーに。壮大なファンタジーシリーズ。

価格表示はすべて本体〈税別〉です